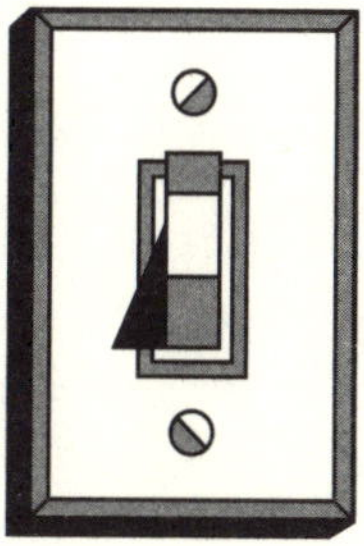

MARCELO FERRONI

Uma viagem no tempo

# As maiores novidades

Uma viagem no tempo

mapa.lab

Texto revisado segundo o novo
Acordo Ortográfico da Língua Portuguesa.

Produção editorial
mapa lab

Capa, projeto gráfico e diagramação
Angelo Bottino & Fernanda Mello

Impressão e acabamento
Grafitto Gráfica

Dados internacionais de catalogação na publicação (CIP)

F396m Ferroni, Marcelo, 1974-
As maiores novidades : uma viagem no tempo /
Marcelo Ferroni. – Rio de Janeiro : Mapa Lab, 2021.
128 p. ; 21 cm.
ISBN 978-65-86367-16-4

1. Ficção científica brasileira I. Título.
CDD B869.3
CDU 821.134.3(81)-311.9

Bibliotecária: Ana Paula Oliveira Jacques / CRB-7 6963

mapa.lab

contato@mapalab.com.br | www.mapalab.com.br

/amapalab @amapalab

*In war one bad act will*
*always beget another*
Percy “Laddie” Lucas,
ás britânico

As mãos do técnico tremem quando a secretária da presidência pede que a acompanhem. Ele esfrega a careca úmida e suspira com falta de ar, se ergue com tontura e aperta a mochila preta contra o peito. Fuma muito e sabe que vai morrer de enfisema, gostaria que fosse agora.

São nove e meia da manhã de uma quinta-feira. Quinta-feira, pensa Eduard Carlos, quando tudo de ruim acontece. O desastre de Hindenburg. A quebra da bolsa. A explosão do voo 17 da Malaysia Airlines, a entrada das forças nacionalistas de Franco em Barcelona.

Maxwell, o gerente de Controle de Qualidade e seu chefe direto, se levanta como se fosse ao cadafalso. É um homem magro e curvado, cabelos pretos penteados de lado. Foi apelidado de Béla Lugosi, e é assim que o chamam pelos andares quando não está por perto. Patricia, a outra técnica com eles, parece alheia ao que está acontecendo, mexe no celular e se assusta quando os vê em pé, à espera dela.

É uma chinesa baixinha, de canelas grossas, os cabelos muito pretos, armados em cima e dos lados, fora de moda há pelo menos trinta anos. Tudo, para ela, parece acontecer numa velocidade mais lenta. É uma boa técnica, coitada, mas nunca vai subir na vida. Falta ambição.

Os três têm um momento de indecisão quando Heidi, a secretária loira, de cabelos curtos penteados com gel, abre a porta dupla. Não sabem quem deve entrar primeiro. Eduard Carlos faz uma vênia ao superior, Maxwell responde com um "primeiro você", empurram por fim a mulherzinha.

Eduard não tinha ideia de que seria convocado à sala do CEO. Não veio arrumado para isso. A unha pontuda do dedão pressiona a meia listrada. Devia fazer como Maxwell, que guarda um par de meias pretas e novas na gaveta. Assim, está sempre pronto para uma reunião de emergência.

Naquela ala do trigésimo andar, é vedado o uso de calçados. Ninguém sabe dizer se Magnuson adotou o estilo oriental ao incorporar tantas empresas asiáticas ao grupo Challenger, ou se isso se deve à sua hipocondria.

O técnico observa Patricia e, como forma de consolo, pensa que ela está numa situação pior que a dele. Veio trabalhar de sapatilhas sem meias, os dedinhos curtos afundam no tapete branco felpudo, o band-aid do calcanhar direito está solto e se agarra aos fiapos.

Eduard esteve naquele andar somente uma vez, doze anos antes, ao ser contratado. Naquela época, ainda se achava insubstituível. Pegou o elevador com o peito estufado, camisa florida, óculos de armação grossa, tênis. Casaco vintage da Adidas. Havia vendido sua startup a um preço irrisório, abraçara a possibilidade de trabalhar na Challenger, a proposta financeira era irrecusável. Acabara de se casar com a namoradinha da adolescência, moravam com os pais dela. Com isso, poderiam se mudar, comprar coisas. Um carro.

A ala estava cheia, havia outros de camisa florida ou óculos, tatuagens e brincos, cabelos coloridos. A secretária os olhava com asco, como se organizasse uma visita escolar. Ele e outros funcionários tiveram de aguardar mais de uma hora em pé — não havia assentos para todo mundo — e foram apresentados ao CEO na recepção, enquanto ele ia de uma reunião a outra. Em menos de dois minutos Ed estava amarrando de novo os sapatos.

Agora é diferente.

Maxwell, o gerente de Controle de Qualidade, encaminhou o relatório do *distúrbio* diretamente a Hallbacher, o Chief Operating Officer, às sete e meia da manhã. Às oito e meia, recebeu o telefonema da secretária, anunciando que Hallbacher estava na linha. Maxwell tentou se explicar o melhor que pôde. Às nove, ele foi chamado ao trigésimo andar para uma reunião de emergência e decidiu levar os técnicos consigo.

Patricia, que havia acabado de chegar e ligava seu computador, viu o rosto pálido do chefe e disse:

— Mas qual é o problema? — E abriu um sorriso desarmado. — Descobrimos uma coisa tão linda...

Às vezes Eduard achava que ela era idiota.

Maxwell arranhou o rosto com seus dedos de vampiro.

— Essa sua coisa bonita vai nos trazer muita merda — disse ele. — Uma tempestade de merda.

Eduard soltou seu sorriso irônico, ajeitou os óculos. Ali parecia muito fácil. Não usa mais as camisas floridas nem os casacos da Adidas, não entram em seu corpo de pai. Mas consegue sorrir de um jeito que atinge o superior. Eduard Carlos sabe que ainda tem algo que o diferencia dos demais; foi assim que entrou no elevador com Maxwell e Patricia. Conforme subiam até o trigésimo, no entanto, as certezas se dissolveram, deram lugar a uma pontada no intestino. Na sala do CEO é difícil sorrir. Ed alisa a testa suada, não quer que os outros reparem, a mão treme.

As janelas da sala de Hans Magnuson brilham com a luz da manhã sobre os edifícios de vidro. Sua mesa é escura, ampla e polida, como uma lápide. De um lado e de outro, há pares de sofás vermelhos. As paredes são brancas, com quadros abstratos que poderiam estar num museu ou num hotel. No canto, uma planta ornamental com frutos fálicos. O intestino do técnico se espreme como um trapo soltando água suja quando ele se dá conta de quem mais está ali. À esquerda, na poltrona mais próxima da mesa, ele vê Kristen, a vice-presidente de Marketing. Uma quarentona elegante, cabelos loiros soltos na altura da nuca, óculos de armação turquesa.

Está com as pernas cruzadas, meias pretas. Ed cobiçava aquelas pernas; perdera vários filhos para elas; nesse momento, não mais.

Na poltrona oposta está Hallbacher, o COO.

É redondo como buda. Olhos verde-piscina, nariz venoso de batata, cabelos brancos e ralos, engomados para trás. É o chefe direto de Maxwell, mas não diz nada quando eles entram. Há um sofá livre, de frente para a mesa, e os três decidem se espremer ali.

Aditi Banerjee, a assistente pessoal de Magnuson, está em pé diante da mesa, curvada sobre um aparelho de viva-voz. Ela é alta, tem cabelos negros, muito negros, que descem até abaixo dos ombros. Está de calça cinza-chumbo e camisa branca. É uma mulher grande, ainda jovem, de nariz pronunciado e pés enormes, com as unhas pretas. Não faz o tipo de Eduard. Atrás dela, sentado na cadeira presidencial, Magnuson observa os dedos longos da assistente operando os botões. O CEO deve bater no ombro dela quando estão lado a lado.

Eduard ri para si mesmo. É bom encontrar pontos de fragilidade nos outros. Ajuda a acalmar, a elevar um pouco a autoestima.

— Está nos ouvindo? — Aditi diz para o viva-voz.

— *Agora sim* — responde o homem na linha.

— Luke, estamos aqui com a equipe técnica, que vai nos explicar... — fala Magnuson, a voz grossa, e gesticula para que a assistente saia da sua frente. Tem o brilho da celebridade, apesar de ser um sujeito atarracado. Barba castanha bem aparada, grisalha nos lados do queixo. Cabelo rente, rosto redondo, olhos pequenos. Entrelaça os dedos sobre a mesa, olha todos na sala por um instante. Usa gola rolê preta, solta o ar como um touro. Se não fosse um CEO, pensa Eduard, seria estivador.

— ...que vai nos explicar o que deu errado com o Challenger Ten — completa, e olha o sofá atulhado com os técnicos. A pequena autoestima que Eduard havia acumulado é eletrocutada pela adrenalina. Abre o zíper da mochila e tira um dos protótipos.

Maxwell, o gerente, pega o aparelho e o analisa antes de se levantar. É maníaco por limpeza, quer se certificar de que não está engordurado. Magnuson estende a mão, o gerente cruza o tapete branco e lhe entrega o dispositivo.

— *Não estou ouvindo* — diz o homem no viva-voz.

— É por que não estamos falando nada — diz o CEO, observando o celular. Ele o balança entre os dedos e franze o rosto.

— Tem mesmo cinco gramas a menos que o NeoX?

— Seis. Seis gramas — responde Hallbacher, sem se mover na poltrona.

— *Eu ainda não vi* — diz o homem no viva-voz. — *Mas tem de ser mais leve, sim.*

— Estou aqui com ele, Luke.

— *É mais leve?*

Franze de novo o queixo.

— Certeza? — diz a Hallbacher.

— Sim.

Magnuson não diz mais nada, coloca o aparelho sobre o tampo lustroso. Entrelaça os dedos e observa Hallbacher de novo. Hallbacher vira o rosto para Maxwell.

— Explique o relatório.

O gerente recua na ponta do sofá, numa reação instintiva de defesa. Olha os técnicos ao seu lado.

— Explique o que você escreveu, Carlos.

Ed sente uma nova onda de suor descer do topo da cabeça. Todos o observam, ele nunca teve tanta atenção antes. A língua está grossa na boca, como a de um bacalhau salgado. Preferia estar de volta à baia, no seu velho e conhecido canto. Preferia estar deitado, debaixo das cobertas, em casa, olhando o teto.

— É uma... anomalia — diz ele.

— *Eu não ouvi* — diz Luke no viva-voz. Dá para escutar sua bufada. — *Quem está falando?*

— Sou eu, Eduard Carlos — ele diz, inclinando-se na direção do viva-voz. — Olá, Luke.

— *Quem?*

O tom do Chief Creative Officer é agressivo. Luke Neil é o responsável pelo design e conceito de todos os lançamentos da Challenger, e se reporta apenas a Magnuson. Não é o chefe direto de ninguém ali, mas suas ideias estapafúrdias desorganizam a rotina de todos os departamentos.

— Explique logo a eles, Ed — Maxwell está pálido, impaciente.

— Recebemos dois protótipos de Jucheon, os protocolos estavam todos corretos. Mas quando... quando fizemos os testes, eu... por acidente...

— Acidente não! — implora Maxwell, com o maxilar rígido. — Você foi validar os protocolos.

— Eu... ah... sim, fui validar os protocolos. Nos relatórios não havia nada de errado, eu...

— Errado não! — Diz o gerente, exasperado. — Você foi proativo.

Eduard engole e não há saliva. Sua mente está paralisada. Ouve a vozinha de Patricia, entre os dois homens no sofá.

— A demanda do marketing era que criássemos uma câmera que registrasse as imagens um segundo antes que elas acontecessem...

— É um mote — interrompe Kristen, mudando as pernas de posição. — É um modo de dizer, um sentido figurado. Não fomos *nós* que criamos o problema.

Ela solta uma risada indignada para Hans Magnuson, à espera de aprovação. O CEO fecha a cara.

— Não, claro que não! — grita Maxwell, e pinça a nuca, nervoso. Deve estar tendo um de seus ataques de enxaqueca. São frequentes, ocorrem quando ele se sente ameaçado, o que, basicamente, é o tempo inteiro. — Nós sabemos que era um mote. Patricia...

Ele faz um gesto na direção da técnica, como se quisesse enfiar a mão para fechar sua boca. Patricia não se dá conta e continua.

— Ao testar a câmera, Eduard constatou que o dispositivo esquentava acima do previsto — diz ela, as mãos apoiadas nas coxas, as costas retas, sorriso beatífico. — Isso o levou a examinar em detalhes o que podia estar acontecendo. E...

É interrompida por Maxwell.

— Carlos então notou que o fenômeno acontecia sempre que a câmera era ligada.

— Que fenômeno? — pergunta o CEO.

O gerente hesita, olha os técnicos e o tapete. Patricia fala por ele.

— As imagens gravadas no aparelho são do passado.

A sala fica em silêncio. Ouvem estática no viva-voz, um suspiro.

— *O que esquenta?*

Kristen fica agitada, olha com fixidez o CEO.

— A gente não pode trabalhar com um aparelho que esquenta, Hans. Isso acaba conosco, com a reputação da Challenger.

Magnuson range os dentes, rumina as informações. Ao fundo, Aditi Banerjee baixa o rosto. Ed entende que não estão em terreno seguro, nunca estiveram.

— Essa câmera era para ser um dos nossos trunfos — diz Kristen, com ar de revolta.

— *A câmera esquenta? É isso mesmo que eu ouvi?*

Escutam algo batendo no áudio, e o som de outras vozes. Não dá para saber se Luke está num congresso, festival, premiação. Não dá para saber se está quebrando o quarto de hotel.

Magnuson diz para Hallbacher:

— Como assim, esquenta?

O COO ergue uma sobrancelha, tão surpreso quanto ele. Diz para o funcionário:

— Isso não pode, Maxwell. É uma conduta imperdoável.

O gerente solta um gemido e se curva. Kristen diz:

— Vão atrás de nós, Hans. Se o aparelho esquentar... vão atrás de nós.

No viva-voz, Luke começa a gritar. Os ouvidos de Eduard Carlos zunem, a barriga formiga, ele mal ouve o que é dito.

— *...Puta que o pariu, eu quero saber quem fodeu esse projeto. Hans, Hans! Quem está aí? Porra, foderam meu celular! Vocês não sabem quanto tempo...*

— Luke, calma — diz Hans Magnuson para o viva-voz.

— *...eu quero a cabeça desse filho da puta! Hans. Hans!*

O CEO se vira, Aditi se empertiga. Ele move a cabeça para o viva-voz, a assistente se levanta e contorna a mesa.

— É o meu melhor design! Não é possível! *Alguém de Jucheon está aí? Hein? Eu quebro a cara desse Park, filho da...*

Aditi aperta um botão, a luzinha verde some. Ficam em silêncio, esperam alguns momentos, Magnuson diz para Hallbacher:

— Ele às vezes fica nervoso...

— Eu entendo... entendo...

— É um artista...

— Entendo...

Riem um para o outro, Magnuson ergue as sobrancelhas, como se nada pudesse ser feito.

Mais silêncio. O CEO olha os técnicos, acabou o sorriso, agora parece um urso. Patricia se mexe no sofá, vai falar, às vezes Eduard tem vontade de bater nela.

— O aquecimento é, na verdade, uma consequência do que *realmente* acontece com o celular, senhor.

— O que *realmente* acontece com o celular? — fala Magnuson. As palavras mal saem da boca.

— A câmera está registrando o passado.

— Qualquer máquina registra o passado — diz Kristen.

— Não essa — diz a mulherzinha. — Essa registra a imagem *antes* que aconteça.

Silêncio.

— Não estou entendendo — diz Kristen, ofendida. — Hans, você entendeu alguma coisa?

Ele não diz nada. Os olhos se grudam em cada um dos funcionários. São pequenos e não piscam, sugam a alma das pupilas dos subalternos. Quando chegam a Ed, o medo escorre das narinas como coriza, o suor desce entre os filamentos da barba espessa.

— Você que fez o relatório?

Ele acena que sim.

— Me explique.

Prefere morrer. Mas tenta.

— Acho que esbarramos em uma questão de emaranhamento quântico — diz ele. — É simples, Hans. O estado de uma partícula, como você sabe, é determinado pela função de onda.

Os olhos do CEO o dominam, Kristen se move na poltrona vermelha. Talvez Eduard não devesse tê-lo chamado pelo primeiro nome, agora é tarde. Prossegue.

— Ao ativar a câmera, os fótons registrados por ela reproduzem o comportamento de fótons do passado. Dessa forma, o que vemos, para usar a expressão comum, é uma imagem do passado. O aquecimento do aparelho nada mais é que uma questão de entropia, causada pelo...

— Uma imagem do passado — repete Magnuson.

Ele pega o celular da mesa e destrava a tela.

— Então, se eu tirar uma foto...

Estende o aparelho, abre meio sorriso, aperta o botão, ouvem o som do obturador artificial.

Traz o celular para si e checa a imagem.

Sua cara não é boa. A vice-presidente de Marketing descruza as pernas e se ergue para ver. Hallbacher, do outro lado, se inclina mas não deixa a poltrona. Aditi, ao fundo, afasta uma mecha e espia também.

— Saiu borrado — diz Magnuson, e vira a tela para os técnicos. Mostra a mancha de seu rosto barbudo para cada um deles, devagar, para que tenham tempo de registrar a vergonha e a ignomínia. Por último, mostra a imagem a Hallbacher, que ergue as sobrancelhas e suspira. Eduard sente o intestino torcer para o lado oposto. Até onde ele sabe, Maxwell falou mais cedo com o COO sobre a questão, ele deveria estar a par.

— É o que estamos tentando explicar — diz Maxwell. — A câmera na verdade captou o...

— Está borrado — repete o CEO. — Borrado não funciona.

Ergue de novo o aparelho para si e sorri com raiva. Som do obturador. Olha a tela, Hallbacher tenta ver também.

— Quanto tempo de atraso? — o COO pergunta para os técnicos.

— Frações de segundo, às vezes mais — diz Ed. — Conforme indiquei no relatório.

Espera uma reação de Hallbacher, mas os olhos azuis, a boca de sapo, permanecem inalterados.

A vice-presidente de Marketing pede para ver, Magnuson lhe passa o aparelho. Ela olha a foto e enruga os lábios.

— Gente, isso aqui parece defeito.

— Sim, é o que estou tentando dizer — diz o CEO. — Não funciona.

— É impossível lançar um aparelho assim, Hans. — Kristen faz uma cara de contrição e olha Hallbacher como se ele fosse o culpado por tudo. — E está esquentando, mesmo — diz, apalpando a tampa do celular.

— Os protótipos não foram testados em Jucheon? — pergunta Magnuson para o COO, que olha por sua vez para Maxwell.

— Foram — diz o gerente. — Mas não apontaram nenhuma anomalia.

— Park viu isso? — pergunta o CEO a Hallbacher, que mais uma vez olha o gerente, em vez de responder.

— Ele... ele aprovou — diz Maxwell.

— Mas ele *viu* isso? — diz Magnuson, e sacode o aparelho com ira.

— Ele aprovou — repete o gerente.

— Já entendi que ele aprovou, não sou surdo — diz Magnuson. — Estou perguntando se ele *viu*. Se viu que está mais pesado, que está esquentando. Ele pegou na mão, assim?

— Eu... eu não sei...

— Não sabe?

— Ele aprova tudo... ele...

— Ligue para ele — diz Magnuson para Hallbacher. Há um silêncio na sala, Eduard Carlos sente um frio percorrer o corpo e revolver suas partes moles. Ele e Patricia olham para Maxwell, que tinha ficado de ligar para a fábrica em Jucheon na noite anterior. Antes que o gerente possa explicar esse *outro* problema, a vice-presidente de Marketing diz:

— Vocês já testaram o vídeo?

Ed e Maxwell se entreolham, mas quem fala é Patricia:

— Sim... essa é a questão.

— A questão? — diz Magnuson.

Os executivos estão com o olhar fixo nela.

— O passado nem sempre é igual ao passado. Vejam.

# I. O PASSADO

# — 1 —

# Quarta-feira, 23h34

Estão fechados na salinha de reuniões do décimo-nono andar desde o final da tarde, tentando entender o que houve de errado com o Challenger Ten. Maxwell estivera ali horas antes, fora tirado do jantar de aniversário da sogra para ver pessoalmente o que Eduard Carlos tentava lhe explicar por telefone. Ele não podia homologar um pedido de revisão para a fábrica em Jucheon sem antes ter certeza do que estava acontecendo.

— Como assim, grava o passado? — disse, e Ed lhe mostrou.

O gerente usava uma camisa polo cor de vinho, calça de sarja. Patricia nunca o tinha visto com aquele tipo de roupa, mais informal. É um homem muito pálido e curvado, com os cabelos penteados de lado. Havia derrubado uma gota de gordura na barriga, não tinha notado. Estava ainda mais mortiço que o normal. Parecia a ponto de sofrer uma de suas enxaquecas.

Patricia não entendia como eles podiam ver aquilo como um defeito. Era um desvio, sem dúvida; mas apontava para uma série de possibilidades. Ela tinha medo e também expectativa. Seus olhos se embaçaram com lágrimas na primeira vez em que tirou uma selfie e viu que seu rosto não estava lá, na tela. Ed e Maxwell no entanto encaravam aquilo como um problema, e um problema dos grandes. O técnico, porque seria obrigado a ficar muito além do horário e fazer coisas que não tinha programado. Patricia trabalha com ele há cinco anos e sabe como é metódico quando se trata do horário de saída. No caso do chefe, a menor possibilidade de que algo possa dar errado implica que ele vai levar a culpa. Quando isso ocorre, ele deflagra no mesmo momento seus mecanismos de autodefesa, buscando culpados.

É por isso que tem tantas dores de cabeça, ela pensa. Patricia já disse que ele devia se preocupar menos; sugeriu que fizesse acupuntura ou caminhasse todos os dias; podia começar um hobby manual, se alimentar melhor. Maxwell não se deu ao trabalho de responder.

— Hallbacher não vai gostar nada disso — disse o gerente. Ordenou que preparassem um relatório completo e lhe enviassem a qualquer horário da madrugada; queria mostrá-lo ao COO pela manhã.

Patricia sente pena dele. Um homem torturado pelo cargo. Em essência, não é mau, mas é obrigado a tomar decisões que contrariam sua natureza, e faz mal aos outros. Fica muito nervoso por coisas pequenas, é infeliz no trabalho e também em casa. Reclama da família, diz que não tem paz. Passou uma semana bufando em antecipação ao jantar de aniversário da sogra. Ia ter de fazer em casa, não queria fazer em casa. Ia ter de convidar pessoas, comprar garrafas de vinho, ficar acordado até tarde, ser simpático.

Ed acha Maxwell um idiota; diz que não trabalha e não entende do trabalho. Diz que é covarde e não defende a equipe. Quando ele não está, Eduard o imita pelos corredores, andando curvado e lento, fazendo caretas e escondendo os dentes com o ombro, como um vampiro de capa. Ela ri, mas também acha maldade.

— Vocês falaram com Jucheon? — disse o gerente, quando finalmente entendeu a dimensão do problema.

Não, eles não tinham falado com ninguém ainda.

— Achei que você devia saber primeiro — falou Ed.

Olharam todos ao mesmo tempo para o relógio na parede. Eram nove da noite, cinco da manhã na Coreia. Maxwell suspirou. Iria para casa, comeria o bolo da sogra, tentaria ligar mais tarde.

— Quando for assim, me avisem logo.

— Eu tentei avisar — disse Eduard.

— Precisamos falar com o Park antes de levar isso a Hallbacher — disse Maxwell, referindo-se ao diretor da planta em Jucheon.

Patricia nunca esteve em Jucheon, gostaria de conhecer as instalações, são muito modernas, talvez as mais modernas da Coreia. A fábrica fora a sede da antiga Seonlei, até ser comprada pela Challenger, dois anos atrás. A maior parte dos funcionários ainda é a mesma, apesar de ninguém mais usar o nome Seonlei, nem o logotipo do dragão. Logo depois da fusão, Magnuson e Hallbacher estiveram num encontro de equipe e lideranças na Coreia, onde acompanharam competições esportivas, apresentações de teatro amador e palestras motivacionais e, por fim, um churrasco de confraternização. Foram enquadrados numa grande imagem panorâmica, onde todos ali, do diretor aos faxineiros, sorriam com a camisa polo azul-marinho com o logo da Challenger — uma janela para o nada.

São agora parte da mesma empresa, mas às vezes têm certa dificuldade na comunicação.

Maxwell pediu que não espalhassem a história. Ninguém no Controle de Qualidade deveria saber disso, além deles.

Claro, não diriam nada a ninguém.

— Não quero que vaze antes de eu dar a notícia a Hallbacher — falou e enxugou a testa. Saiu da sala, caminhou entre os funcionários que ainda estavam lá. Teve um choque de hesitação e voltou apressado, abriu de novo a porta da sala de reuniões.

— E, pelo amor de Deus, isso não pode chegar no Eric.

É obcecado por Eric Teller. Tudo circula em torno de Eric Teller, das intrigas de Eric Teller, das bajulações de Eric Teller, das tramas de Eric Teller para derrubá-lo. Patricia acha que apenas dez por cento do que ele diz é de fato real. O resto, paranoia. Eric Teller é o gerente de Inovação. Veio da antiga CompCon, gigante chinesa de componentes e conectores, incorporada pela Challenger na virada da década. Aos poucos, Teller galgou posições, até ser transferido para a sede em Andorra. Seu departamento é um híbrido entre desenvolvimento de novos produtos e controle de processos, o que o faz responder a Luke Neil, o Chief Creative Officer, e a Hallbacher, o Chief Operating Officer. Talvez seja por isso que está sempre tentando se posicionar, mostrar serviço. É um homem aguerrido, que sofreu para chegar onde chegou, e precisa conciliar o tempo entre superiores de temperamentos opostos.

Patricia procura sempre ver o lado bom nas pessoas; não crê que o ser humano seja capaz de fazer o mal por capricho ou natureza. Tende a achar, por outro lado, que o mesmo ser humano pode se tornar paranoico com os anos acumulados numa grande corporação. Ed é assim; Maxwell também. Ela está há nove anos na empresa e se esforça para não se contaminar.

Desde que Maxwell voltou à festa da sogra e os deixou ali, ela e Eduard seguem fazendo testes para entender o distúrbio no Challenger Ten. Não têm todos os recursos à mão, Ed reclamava a cada quatro minutos, dizia que não era possível trabalhar nessas condições; não era justo que fossem penalizados por um erro cometido em Jucheon.

— Todo mundo aqui tem os braços curtos — ele disse, e pegou o próprio celular para ver postagens dos amigos.

Agora, sozinha na sala de reuniões, Patricia olha o relógio. Onze e trinta e quatro da noite. Há pouco, Ed falou que ia descer para fumar, até agora não voltou. Ela gosta do silêncio. Gosta de Eduard, mas admite que ele não para de reclamar, de falar mal dos outros, de dizer como é pouco aproveitado, e como os chefes são incompetentes. Às vezes fica cansada dele.

De todo modo, os testes são exaustivos e ela entende seu mau-humor. Na Coreia, são sete e meia da manhã. Ela se pergunta se Maxwell conseguiu falar com Park Byung-jae, o diretor da planta em Jucheon. Seria bem mais fácil se tivessem o apoio deles. Choi Yun-Suk, o gerente de Nanotecnologia, é bastante prestativo. Patricia o conheceu num workshop de capacitação da empresa. Talvez possa falar com ele caso Maxwell não consiga contatar o diretor.

Esfrega os olhos e volta a pegar um dos dois protótipos do Challenger Ten, recebidos de Jucheon no final daquela tarde. Ia hospedar a mãe em sua casa, ninguém lhe perguntou se podia ficar até mais tarde no trabalho. A mãe teve de desembarcar no aeroporto sozinha, pegar as malas, depois um táxi. Não está acostumada a isso, tem dor nas costas e medo do desconhecido. Patricia precisou pedir que o vizinho abrisse a porta para ela, o vizinho tem uma chave e cuida dos gatos quando ela não está.

Gatos, séries e mídias sociais. A mãe insiste que ela precisa de um namorado, argumenta que não dá para ficar sozinha. Está passando da idade de ter filhos, diz, e sem um parceiro, como vai começar? Patricia tentou levantar a questão de seus relacionamentos antes, sem muito sucesso. Havia começado a sair com a designer de uma agência de publicidade, passava mais noites no apartamento dela do que no seu, começava a participar de jantares, vernissages, festivais de cinema, coisas que nunca sonhara em fazer. Passou a conhecer seus inúmeros amigos, pessoas bonitas e extravagantes, a maioria ligada ao ramo artístico, muito diferentes dela. Achava-se sem graça, desconjuntada. Era tímida e tinha dificuldade de falar com estranhos — é como se nada passasse pela sua cabeça ao ficar diante de uma pessoa que não conhecia bem. A designer lhe comprava roupas de brechó, lhe dava anéis, escolheram juntas um tênis vintage que custou boa parte do salário de Patricia. A designer a levou para cortar o cabelo e a apresentou às bebidas, ainda que em doses mínimas.

Da última vez em que a mãe esteve na cidade, saíram as três para um bolo e café num domingo à tarde. Patricia é uma pessoa prudente, achou melhor introduzir a companheira aos poucos. A mãe não entendeu, ou fingiu não entender, a relação entre as duas. Passou o tempo todo carrancuda, depois reclamou das roupas e do cabelo novo da filha. Chamava a namorada de "aquela sua amiga estranha". Oito meses juntas. Patricia confidenciou à designer que nunca tinha ficado tanto tempo com alguém. Disse, com dificuldade extrema, e só depois de duas doses de Amarula, que gostava muito dela. *Muito*. Em seu linguajar contido, aquilo queria dizer que a amava. Tinha medo que a designer algum dia se cansasse dela, perguntava a todo o momento se estava cansada. A designer ria e dizia que não, que bobagem. Então, em janeiro, se cansou e a trocou por uma designer.

É difícil se lembrar. Hoje, Patricia tende a sofrer mais com as punições que infligiu a si mesma do que com a separação. Ela se dá conta de como perdeu tempo, de como foi tola. Agora, quando pensa na designer, não é mais como um punhal enterrado no peito. Seu peito tem espaço para outro punhal, Patricia se acostumou a sofrer por alguém. Ela sofre em silêncio, não espera ser correspondida. Não sabe nem como fazer para falar com essa nova pessoa e, se tentasse, certamente seria rejeitada. Tem medo de ser aceita, e depois rejeitada. Medo, simplesmente.

Suspira, tenta pensar em outra coisa. A mãe reclama da bagunça e da sujeira. Põe-se a arrumar as coisas quando ela não está no apartamento, depois Patricia não encontra mais nada. Se irrita, discutem. A mãe reclama que ela come mal, faz cara feia para todos os pratos que Patricia pede no celular. Diz que precisa cozinhar, fazer algo *natural*, não é tão difícil assim. "Até aquela sua amiga estranha comia melhor do que você", diz a mãe, e Patricia sente o rosto esquentar. No entanto, quando a mãe se vai, Patricia sente um aperto, o quarto e sala parecem grandes sem ela.

Precisa de mais umas duas horas para fechar um relatório que faça o mínimo de sentido. Ela se pergunta se o documento vai chegar às mãos de Aditi Banerjee, a assistente de Hans Magnuson. Quem sabe Aditi não vai ler o que ela escreveu, e pensar como ela: na grandeza disso tudo, nas implicações para a humanidade. Patricia precisa ser bastante didática. Aditi poderia perguntar quem fez o relatório, e finalmente ser apresentada a ela, a técnica do décimo-nono andar, que ninguém do prédio conhece. Quem sabe Aditi não lhe pergunte sobre os efeitos do fenômeno que descobriram. Poderia pedir um briefing aprofundado sobre as descobertas, para então falar com Magnuson. Poderia chamá-la para conversarem em particular. Sente um frio no estômago. Sim, sim, precisa ser bastante didática.

Nas pequenas pausas entre os testes, sua mente trabalha. Ela pensa nas possibilidades de um celular que capte imagens do passado. Seria possível interagir? Voltar atrás em decisões tomadas, nas atitudes erradas? Olha de novo as horas, sai da sala com um dos protótipos.

Foi Ed quem descobriu o problema. Estavam no final do expediente, ele falava com a ex-mulher ao telefone. Discutiam sobre o filho, algum problema com o filho. O menino sofre na escola, tem de se trancar no banheiro para não apanhar. Eduard reclama que a ex-mulher escolheu uma escola *artística*, voltada para os valores *humanos*, e a violência ali parece maior que num reformatório.

Patricia morre de dó do menino. Ela o viu num churrasco de final de ano, o garoto é uma gracinha, mas muito tímido. O pai o deixou com um celular e fones enormes, ele não saiu da cadeira de plástico durante toda a tarde, jogando ou vendo vídeos. Patricia até que tentou falar com ele, perguntou o que estava assistindo, ofereceu um espeto de frango, mas o menino não lhe deu atenção.

Em sua baia, Eduard concordava com o telefone na orelha, ansioso para desligar. Disse algo como "acho que não é o momento", puxou o pacote que a fábrica em Jucheon havia lhe enviado, examinou-o de um lado e de outro, disse "a gente precisa pensar nisso melhor" e rasgou o pacote no ponto certo, puxou sua entranha de plástico-bolha.

— Não é que eu seja contra — falou, e retirou um dos aparelhos, depois o outro. Abriu uma tela no computador, digitou a senha. "U-hum", disse, e desceu pelas páginas do documento que havia descarregado.

Era um exame de praxe; quando havia problemas — ou *desafios*, nas palavras dos gerentes — Park Byung-jae os detalhava no relatório à sede. Não que um documento escrito fosse afirmar qualquer coisa com ênfase, ninguém queria ser responsável por atrasar um novo produto, mas às vezes apontava falhas dos outros, implicava questões *alheias* à produção, e o problema — o desafio — era jogado nas costas de outro departamento.

— Mas o que a psicóloga da escola disse? — perguntou Ed, irritado. Apertou o botão lateral do protótipo até que um logo colorido se iluminou na tela. Eduard e a mulher se separaram quando o menino tinha só dois anos. Patricia se lembra, tinha acabado de ser transferida para o departamento de Controle de Qualidade, como assistente técnica. "Não, essa psicóloga não entende nada", disse Eduard. Colocou o celular na mesa e digitou no computador. Apertou o Enter e olhou para Patricia.

Ela entrou na janela de aprovações e abriu o mesmo relatório na sua máquina. Viu a assinatura eletrônica de Ed, faltava a sua.

Agora, enquanto caminha entre as baias vazias, Patricia se lembra do relatório. Um documento perfeito demais. Tão perfeito, com os resultados tão dentro do padrão, que só podia sugerir que estavam escondendo alguma coisa. Ela se pergunta se foi Park Byung-jae que descobriu o desvio na câmera. Tenta entender por que ele não relatou nada, se realmente notou algo. Lá estavam as assinaturas eletrônicas de todos os gerentes de produto: Choi Yun-Suk, You Kang, Lee Chang-Dong. O Challenger Ten havia teoricamente passado pela avaliação de todos, e sido aprovado sem restrições. Logo eles, que costumam ser neuróticos com a qualidade de tudo o que é produzido na Seonlei. Nutrem o orgulho pela finada empresa, que agora nada mais é do que um braço produtivo da Challenger.

Além disso, é um desvio fácil de ser detectado. Eduard Carlos ainda falava com a ex-mulher quando o notou.

— Sim... ahã... entendo — suas respostas eram cada vez mais vagas, até que silenciaram. Patricia estranhou e se virou para sua mesa. Ed tirava selfies e olhava o resultado. Seu rosto não estava nada bom.

— Querida... sim, claro... olha, eu preciso desligar... — apalpou o Challenger Ten preocupado. — Não... tá... tá... não, não é isso. Tá bom? Então tá.

Desligou, bufou, largou o celular na mesa e voltou a atenção ao protótipo. Patricia se ergueu na divisória entre eles.

— O que foi?

Ed virou o celular para ela e tirou uma foto. Patricia não gostava de ser fotografada, sentiu o rosto esquentar. Ed olhou a tela.

— Puta que la merda.

— O que foi?

Ele então virou a tela do celular para ela.

Sua imagem saiu borrada, Patricia não entendeu de início. Estava no movimento de se levantar, os cabelos pretos e a testa larga ocupavam boa parte da foto. Ed repetiu e repetiu as fotos, suava. Ergueu-se e tirou uma selfie com ambos.

Patricia ainda tentava compreender as implicações quando ele ligou para Maxwell. A secretária disse que tinha saído, Ed falou que era urgente. Localizaram o chefe no aniversário da sogra, ele grunhiu ao telefone, interrompeu Ed para perguntar de quem era a culpa. Ed disse que ainda não sabia, mas certamente não era deles. Maxwell pediu que começassem os testes enquanto ele não chegava.

Fecharam-se na sala de reuniões e conduziram os primeiros experimentos. Ed reclamou da falta de recursos enquanto fotografavam movimentos. Cronometraram a queda de uma bola gasta de tênis e fotografaram. Fotografaram um relógio, usaram as câmeras de seus próprios celulares como controle. Ed ligou o segundo protótipo. Também registrava o passado, e ambos os aparelhos esquentavam bastante.

O tempo variava. Quando um celular tirava foto do outro, suas câmeras de alguma forma interagiam, e a distância temporal se tornava maior.

Havia tempo que Patricia não colocava em prática seus conhecimentos de mecânica quântica. Quando mais ela se entusiasmava, mais Ed parecia desgostoso.

— Vamos passar a noite inteira aqui.

Talvez ele esteja certo. São quinze para a meia-noite e até agora Ed não voltou. Ela se pergunta se ele simplesmente foi para casa, ou se pegou no sono num dos banquinhos do térreo. Está sempre ventando, ventando muito ao redor do prédio, ela não sabe como alguém consegue ficar lá fora por mais de cinco minutos.

Vai ligar para ele. Caminha entre as mesas vazias do departamento com o Challenger Ten na mão. Sente o vazio como uma presença. O escritório a abraça, ela sente o calor deixado pelos funcionários.

Ergue a câmera e filma a si mesma.

Às vezes pensa que de fato é um defeito, um delay entre a captação da imagem e sua reprodução na tela. Mas não, há algo distinto. A câmera reproduz as baias vazias, e só depois o rosto de Patricia aparece no quadro.

Caminha pelo departamento enquanto grava. Vê, na tela, as mesas passarem, mas seu rosto não aparece. É como se a câmera captasse um fotograma do passado; um retrato tomado antes que ela, Patricia, ocupasse o espaço. Mantém a câmera fixa, sorri para a lente, a tela a imita instantes depois. Com o celular imóvel, de fato parece um defeito, porque Patricia *já estava lá* no passado.

Não entende como Ed e Maxwell podem considerar aquilo uma catástrofe. Ela continua a filmar. Ergue mais o celular e se examina. Abre a boca, vê os dentes. Escancara os olhos. Desde que a designer se foi, ela tem olheiras permanentes. Voltou a cortar o cabelo no quarteirão de casa, guardou os anéis numa caixinha de papelaria. Abre um sorriso triste e fica séria. Não sofre mais por ela, não. Não sofre. Na tela do celular, tudo acontece depois da ação real. Ergue a mão esquerda para apalpar a bolsa sob os olhos, está se achando pálida.

Seu coração para.

Na tela do celular, vê o pacote enviado por Jucheon na mesa de Eduard Carlos. Ainda está fechado.

A técnica se vira, a mesa bagunçada do colega tem apenas partes do papel pardo rasgado, restos de plástico-bolha. Apoia-se numa mesa sem ar, a porta de entrada se abre, ela se assusta de novo e deixa o protótipo cair. Ed para no meio do caminho, olha para ela.

— O quê? — fala, e vê o celular no chão.

Patricia tem medo do que está sendo gravado.

# — 2 —

## Quinta-feira, 9h49

— Mas isso não prova nada — diz Kristen, a vice-presidente de Marketing, quando chega sua vez de ver o vídeo que Patricia gravou na madrugada. — Não sabemos a que horas você gravou essas imagens, nem quando vocês abriram o pacote de Jucheon.

Maxwell está sentado na ponta direita do sofá, a mão pressionada no joelho ossudo, a outra no pescoço, tentando conter a enxaqueca que cresce a cada fluxo sanguíneo. Ombros rígidos, a tensão se irradia pelos músculos, contorna as omoplatas e sobe pelo pescoço. Salta pelos dedos, ramifica-se na base do crânio, termina em ondas na testa.

Tudo errado, ele pensa. Está dando tudo errado. Seus técnicos tiveram a noite inteira para entender o distúrbio no Challenger Ten e não chegaram a nenhuma conclusão prática. Ele deveria dizer algo, mas prefere que os funcionários respondam pela própria incompetência.

Patricia ganha placas vermelhas no rosto, diz que o vídeo é real.

— E o celular ainda por cima esquenta — diz a vice-presidente de Marketing, com um sorriso. Vira-se para o CEO. — Hans, temos prazos a cumprir, e eles não fazem ideia do que está acontecendo.

Ele acena irritado. A expressão de seu rosto muda como as nuvens. Agora parece a de um buldogue.

— Hallbacher, seu time tem de saber como resolver isso.

O COO olha Maxwell, que aperta mais o pescoço. Uma onda de dor atinge o olho esquerdo, quase o arranca fora. Ele sabe o que significa quando o superior o encara assim. Significa que o problema é dele, só dele.

— Sim, eu... eu estou em cima, Hallbacher — diz e tenta sorrir, mas o movimento dos músculos faciais piora a dor, então volta a ficar rígido.

Kristen ri.

— Vocês sabem pelo menos o que está acontecendo?

Maxwell olha os técnicos. Patricia responde por eles:

— Sim, nós sabemos.

— Então explique, por favor — diz Magnuson, e responde uma mensagem no próprio celular.

Patricia olha Eduard, depois Maxwell. O gerente acena que ela pode prosseguir.

— O mundo das partículas parece estranho, se comparado com o nosso, das grandes dimensões. A física clássica explica o nosso mundo muito bem. Mas não nos detalhes, quero dizer, no comportamento das partículas.

Kristen olha o teto, Hans terminou de responder à mensagem e pega o protótipo. Maxwell nota a falta de atenção de ambos.

— Vá direto ao ponto, Patricia — ele diz, entre os pulsos de dor.

Ela fica mais vermelha.

— Seguindo esse raciocínio, se as coisas grandes são feitas de partículas, por que o comportamento delas não é sentido no dia a dia? Talvez ele esteja lá, só que não notamos.

— Não notamos o quê? — Kristen parece ofendida.

— Ela quer dizer que o mundo não é tão real quanto pensamos — fala o CEO.

Maxwell tenta identificar o que sua expressão transmite.

— Isso — diz Patricia. — Na física de partículas, nesse mundo onde tudo é muito pequeno, o tempo perde o sentido. Não há presente, passado ou futuro. Estão emaranhados, acontecendo ao mesmo tempo, entre as infinitas possibilidades do comportamento de uma partícula.

Silêncio. Todos olham para ela, mas é Eduard quem toma a palavra.

— Minha colega quer dizer que, se o comportamento quântico está sendo replicado pelo Challenger Ten, e se esse comportamento segue o mesmo princípio das partículas, a cada momento que acionamos a câmera, podemos estar mensurando um dos passados possíveis, entre infinitos outros passados.

Patricia parece contrariada. Ela começa a dizer: — Não sei se é bem isso... — mas é interrompida.

— Estou explicando de forma muito simplificada — diz Ed. — Nós, quero dizer, a ciência, sabemos que as partículas emaranhadas são capazes de trocar informações entre si de forma instantânea, sem depender da distância física entre elas. — Ele gesticula, se mexe no sofá, espreme a técnica. — O pulo do gato (o gato, he, he), no entanto, é que elas não trocam informações somente numa distância *espacial*. Elas também podem trocar informações numa distância *temporal*.

— Que outros passados? — diz Kristen.

— Ele está dizendo que podemos estar vendo não o nosso passado, mas um outro passado — diz o CEO.

— Muito bem resumido, Hans — diz Hallbacher.

Aditi ergue a mão ao fundo da sala, e diz:

— Isso explica o vídeo que mostra o pacote de Jucheon ainda lacrado. Não é o nosso passado.

Patricia abre um sorriso e vai responder, mas é atropelada por Eduard Carlos.

— Sim, sim — diz ele. Está ofegante. — O universo não tem extremos, está num emaranhado de superfícies fechadas, com outros universos. Estamos em um deles. Um de muitos.

Maxwell tenta interrompê-lo, o funcionário está animado.

— Estamos em um lugar comum, colapsado. Algumas propostas e análises matemáticas sugerem a existência de mundos paralelos, cada um acontecendo nas infinitas possiblidades, numa interconectividade universal, uma realidade além da realidade física.

— Você está entendendo alguma coisa, Hans? — diz Kristen. — Eu não estou entendendo nada. O passado não é mais nosso?

Magnuson cruza os dedos e observa o técnico.

— Estamos vendo outro passado?

— Sim — diz Ed.

— Não — diz Patricia.

O CEO vira bruscamente a cabeça para Hallbacher. O COO diz para Maxwell.

— Pessoal, vocês têm de se entender.

— É o nosso passado — fala Ed — mas às vezes outro.

Patricia responde.

— Você não está levando em conta que existem infinitas superfícies onde pontos de colapsamento podem ocorrer no momento em que ondas de alta energia são geradas. Podemos passar sutilmente de uma superfície para outra, podemos medir eventos paralelos, mas, no fim das contas, existe apenas uma realidade. A nossa.

— Gente, por favor — diz Maxwell, mal ouvindo a própria voz. — Sejam mais claros.

— Como você explica o desvio na imagem que gravamos? — diz Ed, agressivo. — Não é o nosso passado. Todo mundo sabe disso.

— Não era o nosso passado — diz Patricia. — Mas agora talvez seja.

Kristen ri e olha o CEO. Está sério, então ela fica séria também. Ed insiste:

— Mas o pacote foi aberto *antes* da imagem!

— O que garante isso? — diz a técnica. A voz bambeia, desafina. Está muito vermelha. Olha Magnuson e a assistente dele, baixa os olhos de novo.

Eduard hesita, olha Maxwell. Está pensando numa resposta, mas é Aditi Banerjee quem a dá, nos fundos da sala.

— Você não poderia filmar com o Challenger Ten se ele ainda estivesse no pacote, poderia?

Todos na sala param e pensam. Patricia está encolhida no sofá, pequena como um molusco. Aperta uma mão na outra. Diz, como se estivesse com dor:

— De fato, é um paradoxo...

— Me espanta que a equipe de Hallbacher não tenha pensado nisso — fala Kristen.

— Talvez o passado esteja mudando — continua Patricia, para si —, mas ainda não chegou até nós...

Está a ponto de chorar.

Maxwell aperta a nuca, sente a pulsação de adrenalina. Seus próprios funcionários estão reconhecendo o erro. É o pior dos pesadelos. Ele vai dar um esporro neles, um esporro que...

A pulsação de dor impede qualquer pensamento. Algumas coisas lhe dão enxaqueca. Tensão, bebidas ruins, corantes, chocolate. Teve tudo isso desde a noite de ontem. O cunhado levou um vinho horroroso, ele teve de beber por cordialidade. Sua mulher comprou um bolo de laranja com chocolate, a massa amarela como se fosse pintada. Precisa tomar um remédio, está na pasta. E a pasta está no décimo-nono andar, sobre sua mesa.

A técnica começa a falar.

— Se nós fizermos um...

— Obrigado, Priscila — diz Magnuson, coçando os olhos. — Hallbacher, me explique o que sua equipe vai fazer para resolver o problema.

— Podemos trocar o chip de imagem — diz Maxwell, se adiantando.

Kristen se mexe na poltrona, ergue a mão.

— Desculpe, mas e nossa demanda? Vocês prometeram uma câmera super-rápida.

— Essa é bem rápida — diz Maxwell.

— Trocar não resolve, pelo amor de Deus — fala Magnuson. — Hallbacher!

— A gente podia vender como uma máquina do tempo — diz Kristen. — Mas, pelo que entendi, nem gravar o passado direito ela grava.

— É uma anomalia... — diz Hallbacher. — Insignificante.

— Não é insignificante — diz Patricia.

Meu Deus, pensa Maxwell, ela fala o que aparece na cabeça.

— Insignificante — repete o COO, e olha Maxwell. Ele precisa se impor.

— Sim, de fato, é insignificante. Vamos corrigir isso.

Magnuson está pensando em algo. Tem o olhar perdido, como se visse a imagem de Cristo na parede.

— Uma máquina do tempo... na palma da mão.

— Isso nós conseguimos vender — diz a vice-presidente de Marketing.

— Fabuloso — diz Hallbacher.

O CEO se reclina e cruza as pernas sobre a mesa. Maxwell vê seus pés peludos.

— Para quando está previsto o lançamento?

— Onze de novembro — diz Kristen.

Ele olha Hallbacher.

— Conseguimos fazer até lá?

— São só dois meses... — suspira Maxwell.

— Um mês — corrige Kristen. — Vamos ter de rever toda a nossa campanha. Vou precisar de algumas respostas da produção. — Ela olha Magnuson, sente-se autorizada e prossegue: — Quantos segundos no passado? Podemos ver além desses segundos? Falar com entes queridos? Entrar no passado? Interagir?

— Vamos criar um grupo de trabalho — diz Hallbacher.

Magnuson se endireita e aperta o intercom.

— Me chame a Tereza — diz ao aparelho.

Da poltrona, Kristen continua:

— Vai parar de esquentar? A câmera é compatível com os aplicativos de edição de imagem? Manteremos os números iniciais de produção? O custo sobe?

— Você está anotando? — diz o COO a Maxwell, entre a barragem de perguntas. Não trouxe papel nem caneta. Patricia puxa o celular, abre o bloco de notas. Kristen prossegue:

— Quanto tempo para produzir? É preciso aprovação governamental? Vamos preparar cores novas? Há riscos? Poderemos garantir que não aquece?

— Quantos segundos... no...— diz Patricia, digitando com um dedo.

Maxwell pressiona os olhos. Quer se levantar, abrir a porta, caminhar pela ala presidencial e se despedir da secretária com um sorriso. Descer trinta andares, sair no térreo, passar o crachá uma última vez na cancela. Voltar para casa no meio do dia, deitar no sofá e dormir. Mas não pode. Está pagando o apartamento novo; a mensalidade da faculdade de música que o filho cursa nos Estados Unidos; o forno industrial para a filha que quer ser confeiteira; o pet shop da cadela ornamental da mulher; as sessões de análise dos três. Já fez o cálculo diversas vezes, seus direitos trabalhistas lhe dariam apenas quatro meses de respiro.

Magnuson aperta de novo o intercom.

— Onde está Tereza? — antes que a secretária responda, ele desliga. Suspira, olha Hallbacher. — Quero que vocês refaçam toda a campanha. Do que você precisa?

— Vamos ter de usar a divisão de R&D.

— Estão no projeto dos Neoglasses — diz Kristen. — Não podemos atrasar isso *também*, Hans.

A cara de Hallbacher muda. Preocupação, talvez.

— Direcionem outra equipe — diz Magnuson.

— Podemos incluir o departamento de Eric Teller — responde o COO. — Mas antes temos de avisar o Luke.

— Não me interessa.

Tereza, a vice-presidente corporativa, entra nesse momento, com dois assistentes. Magnuson a observa com ira.

— Eu falei só você.

Ela olha para trás, os assistentes já estão desaparecendo pela porta. A secretária loira a fecha.

A vice-presidente corporativa é uma mulher baixa, cabelos castanhos na altura da nuca. Tem cara de assustada e a bunda grande, não faz o tipo de Maxwell, mas não é isso que o preocupa.

Eric Teller. Eric Teller. Eric Teller. O nome ressoa na mesma pulsação da enxaqueca, perfura seu olho direito. Não acredita que Hallbacher fará aquilo com ele. Um sanguessuga incompetente. Tem os braços curtos, não gosta de trabalhar. É impressionante como ele consegue enganar todo mundo. Fazia isso na Comp-Con, faz agora na Challenger. Ele não, meu Deus. Agora Maxwell tem certeza de que Hallbacher estava apenas esperando o momento para dar essa cartada. Esse tapa na cara.

Tereza senta-se na poltrona à direita de Kristen, ouve a conversa entre eles.

— Esse cara é de confiança? — pergunta o CEO.

— Veste a camisa — diz Hallbacher.

— Precisamos de sigilo.

— Claro, Hans.

— Fale agora mesmo com ele.

— Hallbacher — interrompe Maxwell, erguendo um dedo. — Eu acho que posso lidar com isso, eu...

— Você me chamou, Hans? — diz a vice-presidente corporativa, sorriso nervoso, boca retangular de dentes amarelos. Desde que se sentou, ninguém falou com ela.

— Estamos mudando a campanha do Challenger Ten.

— Mudando?

Ela observa Kristen com a boca aberta. Kristen não olha de volta. Magnuson diz:

— Ele vai ter um aplicativo de máquina do tempo.

— Entendo — ela diz, dando-se conta dos técnicos aboletados no sofá. — Um aplicativo.

— Não é bem um aplicativo — diz Maxwell. Ele precisa se mostrar proativo. Hallbacher *não pode* chamar Eric Teller. Por que fez isso? Humilhá-lo em público? Com certeza já tinha um plano elaborado contra ele.

— E não está pronto ainda — fala Eduard.

Tereza arregala os olhos e se vira para Magnuson.

— Não está pronto?

— Está quase — diz o CEO. — Olhe aqui.

Aponta o celular para ela, a mulher murcha a barriga e tenta arrumar os cabelos, ouvem o som do obturador.

— Veja — ele diz, e lhe estende o aparelho.

Tereza pega o Challenger Ten e observa a imagem.

— Muito interessante.

A sala fica em silêncio. Tereza olha os dignitários em busca de uma pista.

— Filme alguma coisa — diz o CEO.

Ela não entende, mas faz como ele sugere. Estende o celular à frente, passa de um a outro enquanto a câmera capta as imagens.

Maxwell aperta de novo a nuca, não consegue se concentrar. Pensa que talvez até Magnuson esteja a par desse plano de demiti-lo. Hallbacher é uma raposa, não faz nada ao acaso. Sim, tramaram para ele. A culpa é de Eric Teller. É um escroto, sedento pelo poder, quer anexar o Controle de Qualidade. Com certeza ele fez a caveira de Maxwell para os superiores.

Tereza para de filmar e olha o vídeo.

— Está defasado. Parece um defeito.

— Não disse? — fala Kristen para o CEO. — Parece um defeito, Hans.

— Teoricamente, está filmando o passado — diz Magnuson, contrariado.

— Entendo — diz Tereza. — E olha, está meio quentinho — fala, apalpando o aparelho.

— Sei disso — diz o CEO.

— Ele faz ligações? — ela pergunta.

— Ligações?

Silêncio.

— É um telefone — diz Tereza, com medo de estar falando algo errado.

Magnuson olha Hallbacher, que olha Maxwell. Maxwell demora a entender que estão lhe perguntando algo. Vira o pescoço rígido para os subordinados. Eduard está pálido, o suor corre pelo rosto como água numa pedra limosa. Até Patricia, a dona da verdade, parece confusa.

A vice-presidente corporativa quer mostrar serviço e libera a tela do celular, abre o teclado virtual.

— Qual é mesmo o seu número, Hans?

Antes que ele responda, um telefone toca. Cançãozinha do Phil Collins enche a sala. Magnuson puxa o próprio celular, olha a tela. Franze o rosto e atende.

— Alô.

Silêncio.

— Sim... sim...

Desliga o aparelho e o coloca sobre a mesa.

— Quem era? — diz Tereza, rígida.

Ele fica um momento quieto, antes de responder.

— Era você.

# — 3 —

## Quinta-feira, 18h13

O edifício da Challenger tem trinta andares, todos ocupados, com exceção do décimo-quarto, onde um dia esteve o departamento de Recursos Humanos, agora na filial de Pyongyang. É para esse andar que Eduard Carlos e Patricia são levados, junto com outros técnicos do Controle de Qualidade. Maxwell não está mais entre eles; Hallbacher achou por bem reestruturar a área naquela mesma tarde, fundindo Controle de Qualidade com Inovação, e colocou Eric Teller no comando.

As notícias correm pelos andares; Aditi Banerjee já ouviu os boatos. Maxwell foi pego chorando no banheiro. Depois se trancou na sua sala, os seguranças tiveram de ameaçar arrombá-la para que ele saísse. Ela não sabe se o ex-gerente ainda vaga pelo prédio, se ainda se recusa a deixar a empresa; Hans Magnuson deu uma missão a ela, e Aditi mal tem tempo de se deter nas coisas mais comezinhas.

O código da porta no décimo-quarto ainda funciona com a senha antiga — a data de nascimento da filha da ex-diretora de RH. Aditi se lembra desse andar. Começou ali, como estagiária. Acharam que nunca ia subir na companhia, pisaram muito na sua cabeça até que Hans notou sua tenacidade e lhe ofereceu um cargo de assistente. A pessoa anterior tivera um burnout e a empresa de alguém jovem, com energia, para substituí-la.

Está lá há treze anos; cinco como assistente pessoal de Hans Magnuson. Dedicou sua vida à empresa, mas a secretária ainda a olha de cima para baixo, como se fosse uma estranha. Heidi está com Magnuson desde que ele era gerente de fábrica, gosta de jogar isso na cara de Aditi quando o CEO não está por perto. Vinte e dois anos. Vinte e dois anos atendendo ao mesmo mestre.

Aditi está no antigo andar do RH para garantir que o equipamento foi todo instalado; que os departamentos estão trabalhando juntos, e que o gerente de Inovação, Eric Teller, dê conta do recado. Ela não entende nada de tecnologia, mas Magnuson queria alguém de confiança para acompanhar os trabalhos.

Ela é de confiança.

Os móveis de cor casca de ovo ainda são os mesmos, as moças da limpeza passaram um pano antes de a TI instalar o maquinário. O ar foi religado, há um cheiro de mofo, não é possível abrir as janelas. A secretária de Eric Teller pediu que ela arrumasse um quadro-branco com canetas de ponta grossa, nas cores azul e vermelho. Diz que seu chefe gosta de fazer marcações enquanto trabalha com a equipe.

Os funcionários de Teller estão num canto, e os de Controle de Qualidade, em outro. O quadro branco entre eles. Aditi reconhece Eduard Carlos e Patricia. Ela está em pé, ele sentado numa das poucas cadeiras que trouxeram. Está irritado, suspira e de tempos em tempos checa o celular. Já a técnica parece nervosa. Ficou vermelha, com placas bem definidas no rosto, quando Aditi a cumprimentou. Desde então, Aditi tem detectado olhares de relance na direção dela, mas Patricia baixa o rosto sempre que cruzam o olhar.

Aditi pensa na magnitude do que descobriram. Se pudesse voltar no tempo, pensa. Se *puder* voltar no tempo. Não parece possível que aqueles vinte e poucos funcionários, naquela sala dilapidada, possam fazer o que Magnuson ordenou. Mesmo assim, se conseguirem... Ela passa os dedos nos olhos para enxugar uma lágrima e baixa o rosto, não quer que a peguem com o rímel borrado.

O pai morreu quando ela tinha apenas dez anos — um acidente besta, dormiu ao volante e saiu da estrada. Era véspera do dia da Independência, a família ia passar o feriado na casa da avó, perto de Kanchipuram. Aditi não se lembra por que ficara com ele na cidade, naquela noite. Talvez ela estivesse doente, como costumava ficar (a mãe achava que tinha algum problema mais sério de saúde). Talvez tivesse algum compromisso escolar. As duas irmãs mais velhas e a mãe já haviam ido para a casa da avó, faltava apenas Aditi. E o pai, que ficara para trás, trabalhando em Chennai, decidira levá-la.

Era uma noite poluída, com estrelas. O pai bateu a cabeça no volante, o carro perdeu a estrada, arrebentou a cerca de contenção e se enfiou num declive reflorestado. Desceram alguns metros até que uma árvore os detivesse. Ela gritou pelo pai, não o viu em lugar algum. Havia sido lançado mais abaixo, entre arbustos, só seria encontrado dois dias depois. Aditi não sabia o que fazer; escapou pela janela e correu uma noite inteira em busca de ajuda.

A família dependia de seu salário como empregado numa empresa de tecnologia, tinham poucas reservas no banco. A mãe e as duas irmãs precisaram trabalhar desde muito cedo para se sustentar. Aditi foi a única que conseguiu se formar numa faculdade, pudera estudar enquanto a mãe vendia quentinhas e as mais velhas atendiam no telemarketing internacional. Sentia-se responsável por elas, enviava todos os meses um pouco de dinheiro à família. Tinha pesadelos recorrentes com uma estrada vazia, à noite, onde os mortos inchados se erguiam. Algumas vezes, o pai aparecia entre as árvores e tentava falar com ela. Em outras, a perseguia. Ela via seu rosto rasgado e o dedo acusatório. Acordava de madrugada no quarto refrigerado, não conseguia mais dormir. Ia então para a saleta responder mensagens e adiantar as tarefas do dia. Vivia só, num apartamento minúsculo e caro, mas perto da sede da Challenger. Podia chegar em minutos se Hans assim desejasse.

Aditi pensa no que pode acontecer se aqueles técnicos, não muito motivados, conseguirem fazer com que o processador do celular funcione. Poderia estar de volta ao assento daquele carro, naquela noite, e reescrever as possibilidades. Se conseguisse ao menos *ligar* para o pai, na noite em que partiram. Dizer o quanto o amava, e que por favor esperasse a manhã seguinte para pegar a estrada. Ou, se fosse uma menina de novo...

Tem nova vontade de chorar, procura pensar em outra coisa. Não adianta reviver o passado, refazer as possibilidades. Não, pelo menos enquanto não tiver uma ideia clara dos resultados do projeto.

Eric Teller entra pelas portas duplas, fala alto ao celular, balança a cabeça sorrindo. Tem cabelos prateados cheios, o rosto é magro e vincado de rugas do sol excessivo que tomou na juventude. Usa paletó azul e camisa, calça jeans e botinha lustrosa. Ele desliga o aparelho e acena para Aditi. Depois, reúne as equipes num semicírculo.

— Pessoal — diz ele. — Não sei como era na época do Maxwell, mas comigo a palavra é foco.

Ele recebe uma mensagem, olha o celular e responde rapidamente. Ergue o rosto de novo para as equipes.

— Sou muito, muito exigente, me cobro até mais do que vocês. Mas a minha turma sabe que sou o primeiro a reconhecer os resultados e as iniciativas.

Ele senta na quina de uma mesa, sorri, pede que os técnicos indiquem quais foram os avanços da tarde. Patricia explica que estão descobrindo mais distúrbios temporais. É assim que ela chama os desvios entre o passado presenciado por eles e o passado registrado nos protótipos.

— Talvez o passado se altere sempre que tentamos medi-lo — diz um dos funcionários de Teller.

— Um caso clássico da mecânica quântica — diz Eduard. — Mas você ignora que nosso presente continua estável.

— Como você pode garantir isso? — diz outro.

— Entendo que o passado pode se comportar como um fenômeno não mensurável, meu caro — diz Eduard — Mas o que já ocorreu não pode assumir um valor distinto quando o medimos *a posteriori*. Porque ele *já* assumiu um valor distinto, quando nós o vivenciamos. Ao se tornar *passado*, ele se torna definitivo.

É impressionante como se torna arrogante quando está longe dos superiores, pensa Aditi. Ela tenta acompanhar o que ele diz:

— A mecânica quântica, entretanto, também prevê a inflação de multiversos, em que todas as possibilidades de um dado evento se concretizam. Se nós estamos vendo pequenas variações de um mesmo evento, isso pode decorrer do fato de que estamos vendo uma parcial de todas as possibilidades possíveis de passados, que chamaremos de *n*, acontecendo em universos paralelos. Mas eles de forma alguma interferem no nosso.

Olham Eric Teller. Ele está vendo de novo mensagens no celular. Ergue o rosto ao constatar o silêncio.

— Quero brilho nos olhos, pessoal.

Patricia ergue o dedo, diz:

— Concordo quando você fala da inflação de mundos paralelos. Acho, no entanto, que a mensuração de mundos distintos acaba por afetar nosso mundo. Poderíamos estar desfazendo a fronteira entre diferentes universos durante o processo de mensuração.

Eduard balança a cabeça com um sorriso irônico e diz:

— Estamos mensurando os eventos possíveis em determinados universos, só isso. Como disse, não é possível alterar o que *já foi medido*, ou seja, o que aconteceu diante de nossos próprios olhos. Precisamos calibrar o Challenger Ten para que pegue só o nosso testemunho, e não outros.

— Você está passando por cima da segunda lei da termodinâmica — diz Patricia. — Ela vale tanto para os eventos macroscópicos quanto para os micro. A ordem dos universos, uma vez alterada, não se regenera mais. Os diferentes passados se mesclam ao nosso.

Eric Teller balança a cabeça, aprovando o que ouviu.

— Estamos vendo o passado ou não?

— Sim — diz Patricia.

— Nem sempre — diz Eduard.

Pelo que Aditi entende da discussão, Eduard propõe que eles fabriquem mais chips do Challenger Ten, para que, conectados em rede, possam criar um contínuo temporal que os leve além dos segundos já alcançados. Quer também fazer uma análise combinatória para excluir os pareamentos que revelem passados diferentes, que ele chama de “descartes”. Patricia, no entanto, acredita que o uso de mais chips apenas lhes dará mais informação sobre passados alternativos, e afetará de forma mais intensa a realidade, sem que eles tenham controle sobre as alterações.

— Ótimo, pessoal — diz Teller. Vai até o quadro-branco e escolhe a caneta azul. — Vamos colocar no canto esquerdo nossas forças e oportunidades.

Ele faz uma cruz, a caneta está seca, arranha a tela branca. Seu telefone toca, ele atende e se afasta do grupo. Sorri.

— Olá, Hallbacher.

Caminha pela sala de reuniões, as equipes o observam.

Aditi pergunta a uma mocinha ao seu lado quando irão produzir esses chips. O tempo é curto, se ficarem discutindo vão terminar o dia sem nenhuma medida prática. Ela diz que não sabe.

— Eles não fabricaram chips adicionais em Jucheon?

Ela diz que não sabe. Aditi acena para Eduard, que circula como um pavão entre os técnicos.

— Você pode me ajudar numa coisinha? — diz e abre um sorriso que o desconcerta. Ele se aproxima. Patricia os observa de longe. Aditi a observa de volta, a técnica baixa os olhos.

Ao fundo, ouvem as palavras de Teller.

— Sim... Sim... entendo... — Ele concorda com a cabeça. — Quando Magnuson diz *portal*, ele está se referindo exatamente ao quê?

Eduard se aproxima dela. Tem o mesmo sorriso besta no rosto.

— Por que Jucheon não está colaborando conosco nesse projeto? — diz Aditi.

O sorriso dele cai.

— Ainda estamos discutindo se é necessário fazer um...

— Vocês *falaram* com Jucheon sobre isso?

Ele hesita, olha Eric Teller. O novo chefe está de costas para eles, vendo a paisagem de aço no exterior.

— Entendo. Sim — diz Teller. — Eu achei que Magnuson queria que o telefone *falasse* com o passado. Não que... quando ele fala *portal*...

Os cabelos prateados brilham no crepúsculo, as rugas ganham vida no rosto fechado.

— Entendo. Bom... Sim... Não, não... nós podemos fazer por aqui, claro... o time está comprometido. Não, acho que o Luke vai querer propor um design diferente, sim... claro, claro, eu espero.

Olha de novo os funcionários.

Aditi diz a Eduard:

— Alguém falou com o Park depois que ele enviou os protótipos?

Algo passa pelo olhar do técnico. Aditi acha que é medo. Ao fundo, nota que Patricia voltou a encará-la. Levantou-se de onde estava e caminha lentamente até eles. Eduard diz:

— Isso era para o... para o Maxwell fazer.

— E ele fez?

Eric Teller volta a falar.

— Quando Magnuson disse *viagem*, ele mencionou um tempo específico? Ah... claro, um celular que faça o usuário voltar ao... espere um pouco, deixe eu anotar.

Estala os dedos, uma subalterna vai até ele com papel e caneta. Ele os arranca de sua mão e se apoia numa mesa.

— Eu ainda não entendo como funcionaria esse portal... claro, eu sei, isso não é com ele, claro, você tem razão. Podemos fazer, claro. Claro, claro... o usuário recua na data, ele escolhe... sim, anotei aqui. O celular como portal. Mas...

Aditi constata que Eduard está suando. É como se tivessem acionado uma fonte na sua cabeça. Patricia se aproxima, olha um e outro.

— E Maxwell ligou? Ligou para Jucheon? — insiste Aditi. Sua voz ganha urgência, intimida o técnico.

— Maxwell? Bom... ele disse... ele disse que ia ligar de manhã, mas então teve a reunião, e depois o Hallbacher decidiu que ele...

— E vocês não fizeram *nada*?

Eric Teller desliga o aparelho e caminha de volta à equipe.

— Pessoal — diz, e faz sinal para que se aproximem. — Então... mudança de planos.

Um dos técnicos sussurra algo, outro solta uma risada. Ele ergue o rosto para tentar reconhecer os engraçadinhos. Espera um pouco, até que façam silêncio.

— A nova diretriz é expandir, pessoal. — Olha as anotações. — Magnuson aprovou com o board um portal...

O celular toca, ele o pega do bolso.

— Fale, Hallbacher.

Se afasta de novo. Aditi sente que isso vai levar a noite inteira. Hans irá cobrar os resultados logo pela manhã, talvez até nas próximas horas, e ela *precisa* ter as respostas. Patricia está bem ao lado dela, parece ter juntado forças para falar algo, mas agora não é o momento.

— Dá licença — diz Aditi a eles, e vai até os janelões, onde está Teller.

— Claro, se alguém do Marketing ligar eu não atendo. — Ela o ouve dizer. —Isso... É... olha, Hallbacher, não sei se você sabe, mas a puxa-saco do Magnuson está aqui, vigiando.

Vê um reflexo no vidro e se vira, encontra Aditi Banerjee a um passo dele. Ela faz sinal de que precisa dizer algo.

— Hallbacher... sim, olha... a assistente do Magnuson está aqui, quer falar algo. Um momento.

Tampa o celular e sorri. Ela pergunta se falaram com alguém na planta em Jucheon.

— Eu assumi isso agora — ele responde.

— Você poderia por favor checar com Hallbacher?

É a vez de ela sorrir, seu sorriso corporativo de paciência e implacabilidade. Teller hesita, parece não querer confrontar o superior.

— Não sei se isso é relevante no momento — ele diz.

— Ah, com certeza é relevante.

— Não vejo como.

— Foi Jucheon que fabricou esses protótipos — ela diz. Cruza os braços e faz sombra sobre ele.

— Não estamos atrás de culpados, e sim de soluções — diz Teller.

— Você quer que *eu* pergunte? Ao *nosso* chefe Magnuson? — O sorriso de Aditi agora é amplo e frio. Então não há mais sorriso, apenas seus olhos cravados nos dele. Ela sabe o efeito que isso causa nas pessoas.

Ele destampa o celular e volta a falar com o COO.

— Escute, Hallbacher... a assistente do Magnuson está me perguntando se alguém falou com Jucheon... É... sei que você deve estar a par disso, mas ela insistiu...

Ele dá alguns passos para longe.

— Claro... claro que você não teria tempo para isso, mas ela insistiu... e eu peguei tudo no caminho, estou organizando a bagunça do Maxwell... entendo... Isso era responsabilidade dele, não?

Ouve e concorda.

— Não... é claro que eu teria ligado, mas é que... não, eu acho que tenho o celular do Park, mas pode me enviar se você tiver, claro... que horas são lá?

Olha a assistente, ainda concordando. Aditi acha que o gerente empalideceu, ou é a cor da noite que avança.

— Sim... claro, eu sei... não, eu concordo que é um absurdo ninguém ter ligado, só que... claro... não, eu vou resolver isso, pode deixar, eu...

Desliga o aparelho e respira fundo. Olha através de Aditi, para os ex-funcionários de Maxwell.

— Vocês!

Eduard tem um estalo e coloca o dedo no peito, perguntando se é com ele.

— Sim, você! Falou com Jucheon? — diz Eric Teller. Suas botinhas estalam no linóleo conforme ele avança na direção do técnico. Eduard tenta se explicar, diz que Maxwell deveria ter ligado, Teller grita por cima, ordena que ligue já. *Já!*

Aditi olha as horas e faz uma conta rápida. São duas da manhã na Coreia. Eduard está nervoso, o celular na orelha. Espera e espera, diz que ninguém atende.

— Você ligou para onde? — diz Teller.

— A sede em...

— São quatro da manhã lá! — grita o gerente. — Você não sabe fazer contas?

Os que estão mais próximos de Eduard Carlos baixam os olhos. Ele sua, digita no aparelho, sussurra com Patricia, que também busca algo no seu celular. Ele digita e põe de novo o aparelho na orelha.

— Ele vai estar dormindo — diz o técnico.

— Não me interessa — diz Eric Teller. Olha o relógio de pulso e caminha num círculo.

— Não atende — diz Ed.

— Você tem o número certo?

Discam outras vezes. Patricia diz que pode tentar com Choi Yun-Suk, o gerente de Nanotecnologia. Comenta que fizeram um seminário juntos, ele pareceu bastante prestativo.

— Tente — diz Eric Teller. Está sombrio, os funcionários de seu departamento deram alguns passos para longe.

Patricia fica um momento com o celular no ouvido, sorriso fixo. Pega o aparelho e liga de novo. Aguarda.

— Ele também não atende — ela diz.

— Qual é o nome daquele outro sujeito? — diz Eric Teller.

— O Kang? — diz um dos funcionários.

— Não esse. O outro. Que tem um nariz meio quebrado.

— Lee Chang-Dong — diz Patricia.

— Tente esse também.

Todos os números levam a caixas postais, e vai demorar até que alguém atenda telefones na fábrica. Aditi se lembra de Claudio Anderson, o gerente de Comunicação Estratégica. Ele trabalha lá, está acostumado a atender a qualquer hora do dia e da noite, não custa tentar. Ela pega o celular, busca seu número entre os contatos. Pressiona o botão e coloca o aparelho no ouvido.

A noite está apenas começando, ela pensa, ao ouvir a mensagem automática.

# — 4 —

# Sexta-feira, 10h02

Estão na sala de reuniões do trigésimo andar à espera de Magnuson e sua assistente. A cara dos técnicos é horrível, parece que passaram a noite em claro. Kristen entra, dá a volta na mesa e senta o mais longe que pode; não quer sentir o cheiro azedo nem se associar a perdedores.

— Desculpem o atraso — ela diz, para ninguém.

Ela também dormiu pouco, apesar dos calmantes. A ansiedade, a compulsão por tomar atitudes, quaisquer que sejam as atitudes e decisões, o coração bate no peito como um motor esportivo, pistões estourando e se revezando em novas explosões. Não há remédio que reduza seu ritmo. Não aguenta esperar a chegada de Hans e pega o celular, começa a responder mensagens, com ambas as mãos. Ficou até as duas da madrugada esperando que a equipe lhe enviasse o rascunho da campanha do Challenger Ten, depois ficou na cama respondendo mensagens e enviando novas demandas, para que a equipe começasse a trabalhar nelas logo pela manhã. Acordou atrasada, não teve tempo de fazer o suco verde nem de supervisionar o café da manhã do filho. Deu dois beijos na criança sonolenta, ordens rápidas à babá e saiu em busca do táxi que a esperava no térreo. Não está satisfeita com o que sua equipe propôs.

Luke Neil avisou ontem à noite que vai querer mudar o layout do Challenger Ten, acha que precisa de algo mais incisivo, agora que o celular tem um dispositivo para voltar no tempo. Ou seja, nem imagens finalizadas do aparelho o marketing tem. Estão trabalhando com as fotos do protótipo antigo.

Ela quer uma campanha impecável. Uma campanha que destrua os concorrentes, que marque uma nova era dos smartphones. O nome é Revolução. Evolução. Revolução e Evolução. Antes de subir para a sala de reuniões, gritou com Denise, a diretora do projeto. Denise perguntou se ela não queria ir para a sala fechada, para conversarem com calma. Não, Kristen queria ficar ali, na frente de todo mundo. Disse que aquilo não era postura profissional; disse que ela não merecia ocupar o cargo que ocupava; disse que nem ela, nem sua equipe, estavam se doando o suficiente. Faltava trabalho, consistência. Conforme a insultava, Kristen era tomada de uma estranha calma. Quando soltou a última ofensa — Vocês vão ter de começar do zero, não me interessa se vão dormir na empresa, e a culpa é *sua*, Denise —, poderia até ter expressado um sorriso cordial. Agora a fulana está lá, chorando no banheiro. E a equipe segue paralisada, parecem crianças num divórcio.

Precisa resolver isso assim que sair da reunião. Precisa também rediscutir a apresentação que farão a Idriss Déby e seus ministros. Estão a um passo de montar uma planta da Challenger no Chade, beneficiando-se dos incentivos fiscais. Irão fabricar capas com material ecológico reciclado, ideia de Luke. Dessa forma, podem usar mão-de-obra mais barata e, ao mesmo tempo, criar uma campanha de consumo consciente, conectada aos desejos dos consumidores. Era a segunda pauta da manhã, e deveriam ter avançado no projeto, mas Lizzy, sua outra diretora de núcleo, falou com os lábios roxos, cara de cadáver, que precisariam de mais tempo. A mesa caiu num silêncio pesado. A produção, disse Lizzy, tinha acabado de mandar uma mensagem falando que o revestimento de juta está dando bicho, e o de couro vegetal amolece em contato com o suor. A diretora de projeto tem uma vozinha irritante, que fica infantil quando está na defensiva. Disse que, aparentemente, a área de desenvolvimento de produto não fez os testes necessários. Eles negam, dizem que o problema foi da produção, que não seguiu as recomendações de manuseio dos materiais. A produção indica que foi falha no projeto, que não contabilizou os agentes externos ao escolher os materiais. Os projetistas acusam as ONGS parceiras, que foram selecionadas pela produção sem o rigor necessário.

Agora ninguém sabe de quem é a culpa.

Terão de repensar as capas, pesquisar novos produtos naturais. Isso tem de passar pelo Luke, mas ele está na Biennale e só volta na semana que vem.

— Vamos refazer a campanha — falou Kristen.

A tela no fundo da sala exibia imagens de uma África exuberante. Kristen não entendia como pode ter aprovado aquilo; parecia grotesco. Sentia náuseas só de olhar para as projeções. Lizzy tentou argumentar. Disse que haviam tido boas ideias, muito da campanha ainda podia ser utilizada, era só alterar as imagens, mas Kristen não quer reaproveitar nada. As ideias lhe parecem velhas e bichadas, como os produtos. Mandou que jogassem tudo fora e começassem do zero.

Bateu a porta da sala, os vidros tremeram.

Falta pulso à empresa. Comprometimento.

Nessa manhã, o filho se recusou a ir à escola.

A babá telefonou nervosa, o menino tinha gritado e batido nela. Kristen ouvia os berros da criança ao fundo. Theo era agressivo quando ficava sozinho com a babá, atirava os brinquedos nela, dava tapas e chutes. Quando a babá, tendo esgotado todos os recursos para acalmá-lo, ligava para a mãe no trabalho, ele se jogava no chão e começava a chorar, como se tivesse sido agredido. É sempre assim. "Você não pode atrapalhar a mamãe", ela costuma lhe dizer. Mas Theo é obstinado. Nas palavras do psicanalista infantil, é um menor opositor, as ameaças não funcionam com ele.

— Passe o telefone pra ele, por favor.

O menino chorava e engasgava, a mãe cruzou um braço sobre o ventre e fixou o celular na têmpora, olhando a vista lá fora. Não queria que os funcionários a ouvissem. Batia um pé no chão, era a forma de extravasar a ansiedade.

A escola, ela diz sempre ao menino, é a base do aprendizado, é o que vai permitir que ele faça o que quiser na vida. E ela o colocou na *melhor* escola, para que ele seja o *melhor* no que quiser na vida. Já tiveram essa conversa antes.

— Você quer ser catador de lixo?

— Não.

— Você quer ser mendigo?

...

— Filho, você quer ser mendigo?

— Não.

— Quer ser porteiro de escola?

O menino morre de medo do porteiro da escola.

— Não, mamãe.

— Então engole o choro, respira fundo, pensa no seu futuro.

Do outro lado, um choro baixinho.

— Escuta, Theo, a mamãe tá trabalhando para pagar a sua escola, a sua comida, as suas roupas. Quer que a mamãe te ponha pra trabalhar?

— Não, mamãe.

— Posso por amanhã, se você quiser.

— Não, mamãe.

— Estamos precisando de gente na nossa fábrica da Coreia. Te mando pelo correio.

O menino funga.

— Não, mamãe!

— Então obedece a babá — diz entre os dentes, com ódio. — Tá bom, meu querido? Meu anjinho?

Mandou beijos, desligou o aparelho e marchou de volta, pronta para dizer mais algumas barbaridades a Lizzy e sua campanha africana. A diretora de núcleo estava com os olhos vermelhos, tinha chorado na frente de todo mundo. Os elefantes marchavam no crepúsculo. A secretária de Magnuson procurava por ela, já tinha ligado duas vezes.

Kristen está agora sentada na mesa branca do trigésimo andar, de frente para Hallbacher, e continua a mandar mensagens. Tereza também está lá, com dois assistentes. Está nervosa, não consegue se concentrar em nada. Os assistentes digitam com fúria nos celulares, cada um em seu mundo. Kristen ergue o rosto quando a porta se abre. Acha que é Magnuson, mas não. É uma figura nova, que acena para todos e cumprimenta Hallbacher. Deve ser o novo gerente de Controle de Qualidade. Não o conhecia, não sente o menor prazer em conhecê-lo. Parece um roqueiro envelhecido, ou a miniatura de um roqueiro envelhecido. Hallbacher não fala com ele, ele não fala com os técnicos, apenas senta na ponta e puxa o celular.

Ela coloca o celular na mesa, olha um e outro. Não vê mal em quebrar a harmonia.

— Já descobriram o problema com o Challenger Ten?

O técnico careca e barbudo responde, já que os superiores seguem calados.

— Não é exatamente um problema. Conseguimos criar um efeito em cadeia, de forma a amplificar os resultados.

— O passado ainda fica mudando?

— Às vezes.

— Então é um problema. — Ela olha Hallbacher. — Você já contou isso ao Hans?

Ele solta um grunhido, que pode ser uma risada. Tereza diz, sem um pingo de humor:

— Hans pediu uma série de mudanças depois da reunião com o board. Não sei se você está a par, Hallbacher.

— Estou a par — diz ele.

— E elas foram feitas?

O COO não responde. Eric Teller tira os olhos do celular e diz:

— Estamos trabalhando nisso.

— *Kristen, você recebeu meus desenhos?*

Só agora ela se dá conta de que o viva-voz está ligado. Curva-se na direção dele.

— Olá, Luke, bom dia.

— *Bom dia.*

— Não, ainda não recebi nada. Quando você enviou?

— *Hoje de manhã.*

Ela pega o celular, baixa os dedos pelas mensagens. Está acompanhando o que entra desde a madrugada, tem certeza de que não chegou nada do chefe de criação.

— Você sabe a que horas?

— *Não sei... pelo amor de Deus, não é possível perder uma mensagem.*

Ela continua a olhar. Morde os lábios, continua séria. Não quer trair a irritação na frente de Hallbacher.

— Não...

— *Está aí, eu tenho certeza que enviei.*

— Não...

— *Tinha uma imagem anexada.*

— Não...

Luke bufa, ouvem estática. Ele diz:

— *Pensei num desenho que segue as linhas de uma gôndola.*

Kristen ergue o rosto. Ela e Tereza se entreolham.

— Uma gôndola, Neil? — pergunta a vice-presidente corporativa. Hallbacher balança a cabeça, irritado.

— *Entre na internet, Tereza. Digite gôndola.*

— Gôndola de supermercado? — a mulher pergunta, pegando o celular.

Ele ri na linha, ouvem estática. Não é um som ameno.

— *Porra, claro que não. Cadê o Hans?*

— Não chegou ainda — diz Hallbacher.

Tereza faz a pesquisa, está rolando a tela para baixo.

— Mas aqui só tem prateleiras... espere... — ela se inclina para o viva-voz e grita: — é uma canoa?

— *Não é uma canoa. É uma gôndola. Uma gôndola veneziana.*

— Não é a mesma coisa?

— *Não é, Tereza. Procure se informar.*

Magnuson entra na sala nesse momento, seguido de sua assistente indiana.

— Olá — ele diz, com o pequeno sorriso que não mostra os dentes. Está de terno e camisa branca, sem gravata. É baixo e troncudo como um capanga, mas se veste com elegância. — O que têm para mim?

Senta-se na cabeceira, Aditi caminha até a outra ponta da mesa e puxa uma cadeira entre Eric Teller e a técnica. Sua cara está péssima, parece que não dormiu. Kristen olha então o CEO. O sorriso é sombrio, como se ele aguardasse más notícias. Espera que Hallbacher diga algo, mas é o novo gerente quem fala:

— Tenho boas notícias, Hans.

— Que bom — ele diz, sem entusiasmo.

Teller não parece ter detectado o tamanho da cratera em que está caindo.

— Conseguimos ampliar o tempo no passado, tanto na obtenção de imagens como na gravação de vídeos. No caso das ligações, nós...

Magnuson o interrompe, se dirige a Hallbacher.

— Como está o portal que eu te pedi?

— A equipe de Eric Teller está trabalhando nisso — diz o COO. — Ele ficou de nos informar hoje.

Fala como se o gerente não estivesse ali, entre eles. Teller move o maxilar, mas nenhuma palavra sai da sua boca. Vai ser bonito de ver, pensa Kristen. Bonito e triste. Hallbacher permanece impassível, como se o problema não fosse dele. Eric Teller olha o técnico careca.

— E o portal? — ele diz, ríspido. — Nos passe suas atualizações, Carlos.

— O portal? — balbucia Eduard Carlos e olha a mulherzinha de cabelo estranho, Kristen sempre esquece o nome dela. — Nós... como disse o Teller, nós conseguimos aumentar o distanciamento ao passado, usando dois aparelhos ao mesmo tempo, mas... ainda não entendemos como funciona o mecanismo.

— Como assim, não entenderam?

Não há mais vestígio de sorriso nos lábios do CEO. As mãos estão espalmadas na mesa, como se ele fosse saltar na direção do técnico.

O careca olha os superiores. Está suando, parece que a pele foi toda lambida.

— Conseguimos isolar os chips dos protótipos, nossa equipe está trabalhando para reproduzir o... a anomalia quântica. Foi algo que saiu... que saiu fora dos protocolos em Jucheon, não estamos descobrindo o que foi.

— E o que Jucheon tem a dizer sobre isso? — diz Magnuson, e olha todos ao redor da mesa. — Por que ninguém da fábrica está nessa reunião?

O silêncio é pesado, interrompido apenas por estalos do viva-voz. Kristen não entende o motivo. Vê que Aditi baixou a cabeça. As palavras de Magnuson martelam o ar.

— O que disse Jucheon — repete ele. Não é mais uma pergunta, é uma ordem.

Os técnicos olham Eric Teller, que olha Hallbacher. O COO está impassível.

— Hallbacher, você falou com o Park? — pergunta Magnuson.

— Teller deveria ter feito isso — diz o COO. — Você fez isso, Teller?

O grisalho fica pálido, balbucia como um peixe antes de responder.

— Eu?

— Sim, Eric Teller, você.

O gerente se curva, cruza os braços. Está ainda menor.

— Eu... eu não... meus funcionários estão tentando...

— E? — diz Magnuson. A voz faz o sangue correr mais rápido.

— Ele... ele não está lá.

A mesa treme com o tapa, o som reverbera na sala, Magnuson está muito vermelho.

— *Ligue! Ligue para o celular dele!* — grita o CEO. — *Pra que serve essa merda de aparelho?* — diz, sacudindo o próprio celular.

— Nós tentamos... estamos ligando desde ontem... não é, Hallbacher?

— Você deveria ter me avisado antes — fala o COO.

— E os gerentes dele? — diz Magnuson. Olha com ira o COO. — Hallbacher, e os caras que trabalham lá?

Ninguém responde, ele mira a assistente.

— Aditi! Por que você não organizou essa merda, como eu pedi?

Eric Teller olha a assistente de Magnuson, sentada ao seu lado. A mulher não ergue mais o rosto.

— *Liguem!* Por que ninguém liga?

Olha os dois técnicos, apertados um contra o outro na ponta da mesa, como João e Maria.

— O que vocês fizeram o dia inteiro?

Eles se entreolham, ondas descem da careca de Eduard Carlos.

— Sabem usar um telefone? — continua o CEO, ainda com o aparelho na mão.

Kristen olha Hallbacher. Ele não move nem a ponta da sobrancelha pelos funcionários. A VP de Marketing ouve soluços e se vira. Na outra ponta da mesa, a mulherzinha do Controle de Qualidade está chorando.

— *Gente, não estou ouvindo* — fala Luke no viva-voz.

A respiração de Magnuson sai pesada. Ele olha a mulherzinha e desvia o olhar. Continua muito vermelho. Ao falar, faz um esforço visível para controlar a voz.

— Desde quando estão sumidos?

— Tentamos entrar em contato com eles ontem... — fala Eric Teller. — Maxwell devia ter feito isso antes, mas não fez.

— Isso é muito grave, Teller — diz o COO. — É preciso circular a informação com mais rapidez.

Os soluços continuam, Magnuson olha a mulherzinha de novo e desvia o rosto. Não sabe como agir numa situação dessas. Aditi passa a mão no ombro da técnica, é como se a mulherzinha tivesse tomado um choque ao ser tocada. Ela se encolhe e chora mais, Aditi dá três tapinhas no ombro da mulher e olha os outros, sem saber o que fazer.

Em outras circunstâncias, Kristen se divertiria. Desta vez, no entanto, ela se ergue com um lenço de papel que traz na bolsa. Caminha ao longo da mesa, todos a observam.

— Aqui, querida.

*Priscila.* O nome dela é Priscila.

A mulherzinha agradece, aperta o lenço no nariz e funga. Aditi ergue o rosto e olha para Kristen, agradecida. Ela responde com uma expressão austera. Caminha de volta ao seu lugar, sem saber direito por que fez isso. Não é que goste de ver pessoas indefesas chorando. Não gosta. Não gosta de injustiça. Considera-se uma pessoa profissional, conhece os limites morais e éticos de seu trabalho. Às vezes cobra demais as pessoas, mas é sempre por um motivo justo, *profissional*. Hallbacher, não. Era ele que deveria estar em lágrimas, por tanta incompetência.

O CEO está olhando para ela, pasmo. Espera que Kristen se acomode na cadeira e diz:

— Qual é o nome daquele cara de nariz estranho?

— Nariz estranho? — diz ela.

— Lee Chang-Dong — diz Teller. — É o gerente de sistemas.

— Liguem para ele.

A sala fica em silêncio.

— Ele não está, também... — diz o gerente.

— *Quem não está?* — pergunta Luke no viva-voz.

— Que dia é hoje na Coreia? — fala Tereza. — É algum tipo de feriado?

— Não atendem em nenhum número — diz a mulherzinha, e funga. — Não fomos nós que...

— Nem Park Byung-jae, Lee Chang-Dong, Choi Yun-Suk — fala Teller.

— Nem Claudio Anderson — diz Aditi. — Tentei falar com ele hoje de novo. É como se todos tivessem partido na madrugada.

O CEO se reclina na cadeira com brusquidão. Sua respiração é audível. Eric Teller olha o COO, não obtém nenhuma simpatia dele.

— Meu Deus — diz Tereza, a voz trêmula. — Eles fugiram da Coreia pra não levar a culpa?

Magnuson lança um olhar de ódio a ela. O viva-voz estala e grita:

— *Acorda, Tereza. Essa nossa produção nunca vai admitir culpa nenhuma.*

Olham todos para Hallbacher, que finalmente se inclina para o viva-voz e fala:

— Olha, Neil, ninguém está fugindo de nada, tá bom?

— *Cadê seu pessoal de Jucheon, então? Hans, que porra é essa?*

— Sumiram, ninguém atende as ligações — diz Eric Teller. — Nem assistentes nem as secretárias sabem onde estão. Isso não é da minha área, é do RH em Pyongyang, mas... temos pelo menos notícia de Choi Yun-Suk, que pediu uma passagem para hoje ao nosso setor de viagens, acho que não queria pagar do próprio bolso. Vamos reaver esse dinheiro. Eu ordenei que...

— Que passagem? — diz Magnuson, inclinando-se para frente. — Para onde?

Eric Teller hesita, olha o tampo lustroso.

— *O quê?* — grita Luke.

— Para onde! — repete o CEO.

— Para cá.

— Para cá? — diz Magnuson, e recua perplexo na cadeira. — Como assim, para cá?

— *O quê? O quê?*

— Meus Deus, Hans — diz Kristen. — É uma espécie de sublevação? Me espanta que a produção não saiba de nada.

Um pouco mais de drama não fará mal, ela pensa. É hoje que vai ver Hallbacher se enforcar na própria corda.

Algo voa à sua frente, ela grita e salta para trás na cadeira. Tereza grita também. Parecia um pombo que tinha entrado pela janela, mas não, é o celular de Magnuson. O aparelho se estraçalha na parede oposta.

O CEO passa a mão no rosto. Os outros estão em silêncio. Se o careca não tivesse desviado, teria acertado nele.

— Eu quero eles de volta! *Agora*. Hallbacher!

O COO vira a cara de sapo para Eric Teller.

— O que está esperando?

O pequeno rockstar não sabe o que dizer. A mulherzinha ergue o dedo para falar. Ainda segura o lenço de papel na mão.

— Podemos tentar do Challenger Ten.

Magnuson está ofegante e vermelho. Ele a encara.

— O quê?

— O Challenger Ten — ela diz. — Podemos tentar falar com Choi Yun-Suk no passado, se ele embarcou hoje.

— *Como? Hans?* — grita o viva-voz.

O CEO fica calado. Cruza os dedos, respira. Tem os olhos cravados em Patricia. Seu silêncio tem aspecto de anuência, então Eduard passa o protótipo a ela. Tereza, nesse meio tempo, diz:

— Temos reunião do board às três, Hans.

— Você não precisa me lembrar.

— É só que...

— Não precisa me lembrar!

Eduard Carlos se agacha e pega o celular do CEO, a tela está rachada. Ele o passa a um dos assistentes de Tereza, que o passa ao seguinte, que o passa a ela, que o entrega a Kristen, que o dá a Magnuson. Ele contempla a rachadura, joga o dispositivo na mesa.

— Ainda por cima quebraram meu aparelho — diz ele.

— Está tocando — fala a técnica, protótipo no ouvido.

Magnuson parece pensar em outra coisa. Ele diz:

— Precisamos de algo mais ousado.

— Como? — diz Tereza.

— Alô? — fala a mulherzinha.

— Algo mais ousado — ele diz, e aponta para o celular na mão da técnica. — Isso aí não impressiona ninguém. Eu quero o meu portal.

— *Hans* — diz o viva-voz. — *Eu tenho um design novo, mandei pra Kristen mas ela ainda não respondeu...*

— Eu não recebi nada — diz Kristen —, já te falei que...

— Alô? Choi Yun-Suk? — diz a mulherzinha.

Todos se voltam para ela.

A técnica fala algo em coreano, meneia a cabeça, sorri, pergunta algo. Ninguém ali conhece a língua. Ela espera uma resposta, diz outra coisa. Repete algumas vezes o nome de Park Byung-jae, isso é compreensível. Espera, balança de novo a cabeça, funga. Seu nariz ainda está vermelho do choro recente. Faz outras perguntas. Puxa uma folha, pede uma caneta e anota.

— *O que ele está falando? O quê?* — estala o viva-voz.

— Espere um pouco, Luke — fala o CEO, ainda olhando a técnica.

A mulherzinha sorri mais uma vez e agradece. Desliga.

— E então? — pergunta o CEO.

Ela está nervosa.

— Ele atendeu? — pergunta Teller.

Ela o observa, sem saber o que dizer. Kristen não se aguenta e diz:

— Era ele?

— Era — diz a mulher. Devolve o celular para Eduard, olha os papéis.

— Onde ele está? — pergunta Tereza.

— Em... no trem... está saindo do expediente... ontem, acho.

— Vai viajar?

— Me disse que não, ele...

— *Cadê Park Byung-jae!* — grita Magnuson.

— Ele... então, se eu entendi direito... ele não...

Volta a chorar.

— *Que porra é essa, Hans?* — grita Luke no viva-voz.

— Ah meu Deus — diz Magnuson, e olha o teto, passa as mãos no rosto, suspira. — Kristen, fale você com ela, eu não aguento mais.

A vice-presidente de Marketing se debruça sobre a mesa.

— Priscila...

— Patricia — diz Eduard.

— Patricia... onde está o Park?

— Eu perguntei, mas ele não...

— Não o quê? — diz Kristen.

— Não entendeu a minha pergunta.

No silêncio, ela completa:

— Park Byung-jae não trabalha em Jucheon há pelo menos dois anos.

— Não trabalha? — pergunta Aditi, ao seu lado. — Não trabalha na empresa?

A mulherzinha nega. Afasta o lenço de papel para dizer:

— Ele trabalha aqui.

# AQUI II.

IUDA .II

# — 3 —

# Sexta-feira, 9h40

Os técnicos aparecem na ala da presidência, Heidi Handke ergue os olhos com desprezo. Ficam um momento lá, sem saber aonde ir. O homem carrega uma mochila preta murcha em um dos ombros. Patricia está no telefone, atenta, como se tivesse recebido a notícia de que alguém da família morreu.

Heidi pode mandá-los de volta, e deixar que percam a hora da reunião com Hans, mas é uma boa pessoa. Hans está fechado no escritório com aquela indiana, não deseja ser incomodado.

Sua voz grossa ecoa através da porta dupla. Está dando ordens, Heidi sabe exatamente quais são as ações do CEO pelo tom de seus grunhidos. Uma vez, estranhou seu silêncio ao se reunir com uma delegação filipina. Decidiu entrar na sala sem ser chamada e descobriu, com forte emoção, que ele queria que ela interrompesse a reunião, mas não tinha como avisá-la sem despertar a insatisfação dos visitantes. Tentara o silêncio, e ela, Heidi, o captara.

A tia lhe disse mais de uma vez que é por isso que nunca se casou, nem teve namorados. "Você é como uma freira, e seu chefe é Deus." Uma bobagem. Teve e tem relacionamentos, uma série deles. Quando está interessada, encontra alguém nos aplicativos de encontros. Mas não achou nenhum sujeito que valesse a pena; os homens são tipos menores, sem muito interesse. Adoram falar de trabalho e de dinheiro. Discutem assuntos práticos e reclamam com garçons, mas são incapazes de ver um filme, ler um livro, ir a uma exposição. Quando passam dos quarenta e cinco, e veem que não são mais jovens, começam a gastar dinheiro com hobbies. Alguns compram motos, outros acham que se tornaram especialistas em vinhos. Alguns fumam charutos. Ela conheceu um que montava aviõezinhos de plástico, ocupara o antigo quarto do filho com colas, tintas, estiletes e caixas. Não pode se doar à vida de outro, se *essa* é a vida do outro. Ela fez opções, pela própria falta de opções no mercado humano, e colocou a carreira como um de seus principais objetivos.

Hans Magnuson precisa dela. Apesar das aparências, é um homem solitário, carente, tem sempre de estar com alguém que cuide dele. Ela é essa pessoa. O problema é quando ele se deixa encantar por uma garota mais jovem, que veio do nada. Heidi não a acha bonita. É grande, desajeitada, um mãozão, um pezão. Anda curvada, sem jeito, como se fosse um cara. E passam muito tempo juntos, Heidi não sabe o que tanto falam. Já deu a entender que não acha seguro que Hans fique tanto tempo a sós com ela, sem testemunhas. Mas o chefe não entendeu, ou fingiu não entender.

— A gente... — diz o careca, suando. — Temos uma reunião com Magnuson... — e aponta para seu escritório.

Heidi sacode a cabeça em negativa, indica com a caneta a sala de reuniões.

— É lá que vocês devem esperar por ele.

O careca concorda e se vira. Patricia guardou o celular, ambos hesitam diante da porta fechada.

— Já tem alguém lá dentro? — pergunta o técnico.

— Hallbacher, Tereza e seus assistentes, aquele novo gerente de vocês... com dois ou três funcionários da equipe dele. Só esses, por enquanto — ela diz.

— Teller veio com outras pessoas? — diz o careca, incerto.

Heidi sorri sem sorrir. Não está ali para aguentar a insegurança do homem adulto.

— Está, querido. Começaram sem vocês.

Ele olha a porta, leva a mão ao queixo.

A mulherzinha, uma oriental com cabelos densos, se ajoelha e começa a tirar a sapatilha.

Heidi se ergue da mesa e a olha sem acreditar. O técnico, que se preparava para abrir a porta, também a observa.

— Patricia?

— Sim?

Ela tirou um dos calçados. Tem os dedos dos pés curtos, de unhas vermelhas.

— O que você está fazendo? — ele diz.

A mulherzinha franze o cenho, em busca de respostas.

— Eu pensei que...

Ela enfia de volta a sapatilha, o rosto tem placas vermelhas, ela transpira.

— O que foi isso? — pergunta o técnico, horrorizado.

A mulher se ergue assustada. Olha Eduard, se vira e encara Heidi em sua mesa. É como se os visse pela primeira vez. Observa o piso, as paredes.

— Eu preciso te falar uma coisa — ela diz ao técnico.

Ele entreabre a porta, ela toma seu antebraço.

— Agora? — ele pergunta.

— Agora — ela diz. Olha para Heidi, na dúvida, mas não solta o braço do colega. Eduard Carlos parece impressionado com aquele toque. A secretária se pergunta se eles mantêm alguma relação além da profissional. As pessoas não sabem se comportar no ambiente de trabalho. É só o sujeito ter a atenção de uma mulher, de *qualquer* mulher, para achar que há um interesse sexual da parte dela. Heidi já viu como o careca olha as pernas e os peitos de todas as mulheres que passam por ele. Viu como ele encara Kristen Nordblung, a vaca do marketing. Mas nunca pensou que ele teria interesse naquela mulherzinha de cabelo estranho, tímida, que não fala com ninguém.

Na sala, ouvem a voz grossa de Hallbacher. Sempre se arvora de todo-poderoso quando Magnuson não está. Heidi capta algumas de suas frases.

*Olha, é imprescindível que...*

Deve estar passando uma descompostura no novo gerentezinho dele, pensa. Não entende como Magnuson mantém pessoas tão incompetentes nos quadros. Ele tem um coração bom, as pessoas se aproveitam disso. Se Heidi tivesse um papel de conselheira, se pudesse dizer a Hans as coisas que ela vê, que ouve nos corredores... No dia seguinte o COO estaria na rua.

*...numa empresa desse tamanho, não é possível que...*

Patricia sussurra ao careca.

— Os protótipos que você recebeu...

— O que tem eles? — sussurra de volta.

*...se nós não estivermos alinhados...*

— Me dê eles aqui.

— O que você quer dizer? — Ele instintivamente protege a mochila preta que leva consigo.

Está aflito, quer entrar logo. É como se quisesse tomar o seu lugar naquele sermão, pensa Heidi. Ela sorri, morde a caneta.

*...cada funcionário tem de agir como se fosse dono da companhia, tem de empreender, não pode estar nunca satisfeito...*

Patricia também parece confusa.

— Eu preciso deles.

Ela faz um gesto na direção dele, Eduard protege a mochila.

— Por quê?

— Preciso fazer uma ligação. *Rápido.*

— Como assim?

Ela avança, ele recua. Ela avança. Toca em seu braço, ele se espreme contra a porta. Param e olham para Heidi. Ela os encara, a caneta na boca.

— O passado — Patricia diz.

— O que tem o passado?

— É possível recuar no passado, Eduard, acredite em mim e faça o que estou pedindo.

Ele fica na dúvida, ergue um fio de sorriso.

— O que você está dizendo? A gente só descobriu que os protótipos filmam e fazem ligações ao passado.

— É justamente isso! Ed, eu recebi uma ligação minha. *Agora mesmo.*

Ela agarra sua camisa, o homem vê com horror as mãozinhas amassando o tecido. Ambos olham para Heidi, a mulherzinha volta a encarar o técnico, fala:

— Não dá pra explicar agora... mas a ideia de que duas partículas separadas no tempo... de que duas partículas separadas no tempo e no espaço possam interagir, e assumirem as mesmas características...

— O que tem isso?

— Eu *sou* essa partícula. Eu assumi minha *consciência*, minha *persona*, do futuro. Ed, é assim que voltamos no tempo!

Ele ri de nervoso, se solta, alisa a camisa amassada. Patricia tem placas de vermelhidão no rosto.

— Estão alterando nosso passado, Ed, acredite em mim. Eu preciso ligar do Challenger Ten, falar comigo, recuar *mais* no tempo para impedir que... impedir que...

Tenta pegar a mochila, ele se espreme entre a porta dupla e a parede.

— Não!

*...não é o shareholder, não é o board, não é o CEO, não sou eu, a empresa é cada um, dos diretores às moças da limpeza...*

— Ed, *acredite* em mim.

— Por que você quer os aparelhos agora? Por que não liga *depois* da reunião?

— Já disse, Ed, não temos tempo! A cada vez que eles voltam atrás, mais coisas mudam no nosso presente.

— Quem?

Ela aperta o braço do careca.

— Eu preciso ligar.

Avança de novo, ele se encolhe, bate as costas na porta, a ladainha de Hallbacher é interrompida. Heidi se levanta.

— Pelo amor de Deus! Vocês estão na ala da presidência!

Patricia e Ed a olham, estão agarrados. Ficam um momento congelados num quadro vivo, depois se soltam. A mulherzinha diz.

— Ed, me escute. Park e os gerentes de Jucheon...

— O que têm eles?

— Partiram da Coreia com protótipos do Challenger Ten. Estão alterando nosso...

— Partiram? Partiram de onde? Park está aqui, nós falamos com ele ontem.

Ela para, olha para ele com os olhos arregalados.

— Aqui?

— Sim, aqui! Qual é o seu problema?

Ele olha Heidi. A secretária está com a mão no telefone. Se começarem a se agarrar de novo, vai chamar os seguranças.

A mulherzinha pensa, olha o chão.

— O passado...

— O que você está dizendo?

— O passado está avançando sobre nós. Veja ao nosso redor. Está tudo sendo alterado.

— O quê?

— A cada vez que eles voltam no tempo, acabam revolvendo os diferentes passados, os *n* passados, como você diz, e todos se mesclam num só presente. É incontrolável.

— Como você sabe?

— Porque eu sou do futuro! Não eu... mas eu me transformei em mim quando liguei pra mim nesse momento... eu... parece confuso, mas você *tem de acreditar em mim*.

Heidi olha a porta de Hans. Agora está com medo de que a mulherzinha se torne perigosa. Pode estar armada. Precisa avisar o chefe. Precisa... ela ergue o fone do gancho, com muita cautela, para que a técnica não perceba. Não quer nenhuma reação violenta.

Patricia dá um bote e agarra a mochila.

— Não! — grita Eduard, tenta pegá-la de volta, Patricia dá alguns passos para trás, abrindo o zíper. Eduard avança, ela salta para o sofá da sala de espera, puxa um dos celulares.

— Não! — grita Eduard, mas fica na dúvida e não avança. Esse é o problema dos homens: não têm mais ação, vivem todos em caixinhas, emasculados.

— Patricia... — diz Eduard. Implora, mas não age. É incapaz de agir.

Heidi cola o telefone no ouvido.

— Segurança?

Patricia, em cima do sofá, também faz sua ligação.

# — 2 —

# Sexta-feira, 5h46

Acorda antes que o fogo consuma o andar. Olha ao redor e não sabe onde está, os sonhos são tão vívidos que por vezes parecem reais. Transpira, os cabelos negros estão colados ao rosto, o ar parado e denso. Vê a forma da cômoda, o quadrado negro da janela fechada. O ar-condicionado está desligado. A mãe não gosta da corrente de ar, diz que fica resfriada, com a garganta seca, diz que os fungos que crescem nos dutos desses aparelhos são maléficos à saúde, fala que é por isso que Patricia está sempre tão debilitada.

A técnica sonhou com fogo e tem sede, leva a mão ao pescoço. Procura o copo no chão, ao lado da cama. Ela e a mãe são pequenas, mas a cama não é suficiente para as duas. A mãe puxa as cobertas e Patricia chuta enquanto dorme. Na noite passada, foi o mesmo problema. Sem ar, com chutes, lençóis puxados, reclamações, calor. Acordou moída na manhã de quinta, esperava dormir um pouco melhor naquela noite.

Toma dois goles da água tépida, a mãe tem sono leve e se mexe na cama. Patricia coça os olhos, quer chorar. Se abaixa, deixa o copo e pega o celular. Cinco e quarenta e sete da manhã. Vai ter de acordar em uma hora se quiser estar na Challenger a tempo.

Chegou às quinze para as duas da madrugada em casa, exausta e agitada. Tentou não fazer barulho, a mãe acordou com a luz do banheiro. A velha se levantou, foi com ela à saleta, ficou reclamando durante todo o tempo que Patricia levou para esquentar a lasanha no micro-ondas. A mãe dizia que aquilo iria lhe fazer muito mal, que aquilo não era comida, só gordura hidrogenada. Ficou olhando o pote com nojo, e cada garfada que Patricia dava era um sofrimento. A lasanha não estava totalmente descongelada, o miolo estava duro; o molho, muito aguado. Mas ela não iria abandonar o prato e se curvar às vontades da mãe.

Estava muito agitada para dormir. Implorou à mãe que precisava ligar o ar, o apartamento estava um forno com as janelas fechadas. A mãe foi contra, barganharam uma temperatura intermediária, depois a velha ficou tossindo do seu lado conforme a máquina vibrava, ventilava mais do que resfriava.

— Não sei como você vive com isso.

Às três, depois de um sono curto e intermitente, Patricia se levantou para tomar um calmante. Levou a bolsa de remédios ao banheiro, não queria que a mãe a visse, estalou a cartela do comprimido com a torneira ligada. Na dúvida, estalou um segundo. Fez concha com a mão e bebeu. Quando voltou para a cama, a velha perguntou o que ela tinha tomado.

— Nada, mamãe.

— Como nada? Está doente?

— Não, mamãe.

A velha disse que a filha não conseguia dormir porque era sedentária. "Sou sua mãe, alguém tem de te falar essas coisas." Disse que sedentarismo, estresse e má alimentação eram as principais causas de morte entre pessoas na idade dela, Patricia não era mais uma menina, já estava velha, tinha de se cuidar. Precisava de amigos que a ajudassem, não que atrapalhassem.

— Seu vizinho por acaso é bicha?

Era a segunda vez que se referia a ele naqueles termos. Patricia sentiu uma pontada no peito. O vizinho tinha sido atencioso, lhe entregara as chaves, comprara flores e pãezinhos doces. De nada adiantara.

— Não me interessa, mãe. São três da manhã.

A velha se virou emburrada.

Patricia dormiu à força, os calmantes a aferraram ao sono, mas não puderam fazer nada com os pesadelos. O Challenger Ten estava em todos os ângulos do subconsciente. Primeiro era grande, como uma lancheira escolar, e não cabia na embalagem. Depois tinha a forma de banana e, para ser usado, precisava ser descascado. Aditi gritava com ela, não sabia como iriam exportá-lo para outros países, se era tão perecível.

— Mas não fui eu que inventei isso! — gritava. Não era só perecível; era também inflamável. A banana esquentava e pegava fogo se não fosse comida. O escritório estava em chamas e ela não tinha como salvar Aditi, a fumaça subia, as chamas escalavam as paredes.

Patricia senta na beira da cama, celular no colo, e olha de novo as horas. São cinco e cinquenta da manhã. Sente angústia. O resquício do pesadelo ainda a atormenta, sofre com a ira de Aditi, sofre ao não poder salvá-la das chamas.

As equipes de Controle de Qualidade e Inovação ficaram até de madrugada discutindo o que fazer com os protótipos. Eduard perdeu muito tempo ligando para os dirigentes de Jucheon, sem sucesso, enquanto Teller gritava com ele. Patricia teve pena, tentou ajudar; Aditi também. Mas todo mundo na Coreia parecia ter desaparecido, e sobrou pouco tempo para que pesquisassem o tal portal que Magnuson havia pedido, e que Teller não sabia muito bem como explicar.

Agora de manhã terão uma reunião com o CEO para anunciar os avanços. Eles não têm avanços. O Challenger Ten ainda tem um comportamento errático, ainda esquenta.

Ela olha o celular. Cinco e cinquenta e um. Sente um calafrio percorrer o corpo, apesar do calor. No canto superior, há o sinal de duas chamadas não atendidas. Pensa que talvez seja isso o que a fez despertar; o telefone não toca à noite, mas vibra. Patricia ergue a tela na altura dos olhos, abre as chamadas perdidas, não reconhece o número. A mãe se mexe e resmunga. O celular se acende e vibra, acende e vibra. Ela fica nervosa e o derruba, a mãe grunhe. Patricia pega o aparelho no chão e corre ao banheiro.

Acende a luz e fecha a porta, é cegada pelo brilho, vê o número com os olhos embaçados, é o mesmo das ligações anteriores. Sente o coração bater, pensa que há uma tragédia, uma demissão, uma morte.

— Alô?

Ouve seu mesmo alô repetido, pensa que o telefone está dando eco.

— Alô.

— Alô.

Ouve apenas sua voz.

— Patricia?

Ela não disse isso, mas é como se tivesse. A mulher se apoia na pia e se olha no espelho. Camiseta larga da Mulher Maravilha, cabelos revoltos, cheios de laquê vencido. Olheiras, o rosto inchado, celular no ouvido.

— Quem fala?

— Patricia?

Ela não sabe dizer se foi uma pergunta ou afirmação.

— Quem fala? — diz de novo. A ansiedade é demais para ela, os olhos lacrimejam, ela os enxuga com a ponta dos dedos, limpa na camiseta.

— Patricia, sou eu.

— Quem?

— Me escute. Você sabe quem é. Escute.

— Quem?

Ela sente as pernas bambas e cai na privada, esfrega os olhos e funga.

— Patricia, me escute. Não tenho tempo!

Alguém ao fundo da ligação grita com ela. A mulher no banheiro fica nervosa, teme que nem tudo esteja bem.

— Quem está falando? — Ela tenta uma última vez.

— Não chore, preste atenção!

Ouve portas batendo. Há mais de uma pessoa ali, do outro lado da linha.

— Quem está...

— Patricia!

Ela sabe com quem fala, não adianta fingir. Sente vertigem e se curva, enjoada. Os portões do pesadelo se abrem para ela. Os cabelos caem sobre o rosto, cobrem a mão que segura o aparelho no ouvido. É sua a voz na linha.

— Em que dia da semana você está? — pergunta a voz.

— Quinta... — ela diz. — Não, não! Sexta! Sexta, seis da manhã.

Passos, a mulher do outro lado está ofegante.

— Me ouça, Patricia, é importante! Patricia?

— Estou ouvindo!

Ela chora, aperta a boca para não deixar transparecer. A realidade é como um balão arrebentado e virado do avesso.

— Você tem de pegar o Challenger Ten antes da reunião desta manhã. Você tem de ligar para você, mais no passado. Use *os dois* aparelhos.

Ela grunhe e esfrega o rosto.

— Patricia, me ouça!

Ela chora, ergue o tronco para entender onde está. Vê o banheiro iluminado, vê a ponta de sua cabeleira negra refletida no espelho. Se assusta com batidas na porta.

— Patricia? — É a mãe. — Patricia, você está bem? O que está acontecendo aí dentro?

A mulher se ergue. Não está mais chorando. Ouve sua voz ao telefone, uma voz distante, uma pessoa deslocada no espaço e no tempo. Ela, no banheiro, está adquirindo as mesmas propriedades através da distância. É ela, Patricia, a mesma Patricia, de um lado e de outro do tempo. Estava ali, quer dizer, no edifício da Challenger, fugindo pelas escadas com o protótipo no ouvido. Agora está no banheiro. Talvez esteja nos dois lugares. Talvez não esteja mais na Challenger, se o presente está sendo alterado conforme conversam. Olha a porta do banheiro. A maçaneta está sendo forçada, mas graças a Deus ela se trancou ao entrar.

— Pegue o Challenger! Ligue para você. Patricia... *Precisamos* voltar para antes de ontem.

— O que está acontecendo aí? — diz a mãe, assustada, e força de novo a maçaneta.

— Patricia! — É ela, no celular. Gritos, coisas caindo.

— Patricia! — grita a mãe, dando tapas na porta.

Ela baixa o celular e se encara no espelho. Ainda se lembra de quando constataram o desvio no Challenger. Se lembra, claro, isso aconteceu dois dias atrás. Não, na verdade o espaço de dias é maior, ela e Ed só irão descobrir na semana seguinte como usar o telefone para recuar no passado. Pensa em como o fenômeno era simples, era bonito. Intocado, representava uma chave no tempo. Extirpado, fatiado e corrompido, é uma aberração da natureza. A memória era nossa, pensa Patricia. Era uma experiência puramente humana, sutil e subjetiva. Agora não é mais. Virou um produto que pode ser monetizado. Em breve será exaurido pela corporação, plastificado e morto, como tudo o que a corporação toca.

A ligação está muda, a mãe continua a bater. Em pé no banheiro, Patricia sabe quem é, mas não a que tempo pertence.

# — 1 —

# Quinta-feira, 9h58

Precisa se lembrar de pedir a Aditi que coordene uma medição independente do Challenger Ten; tem dias em que não confia em Hallbacher nem em sua equipe. Além disso, precisa de algo mais chamativo, se a produção desenvolveu mesmo uma máquina do tempo. Não gosta desse nome, acha antiquado. Lembra aqueles filmes velhos que nunca terminavam bem. Olha o protótipo de um lado e de outro, nota que há um certo silêncio na sala.

— Vá direto ao ponto, Patricia — diz o gerente de Controle de Qualidade.

Hans Magnuson não tem certeza se o conhecia, mas não foi com a cara dele. Se aquele sujeito controla a qualidade, deveria ter notado que o Challenger Ten pesa a mesma coisa que o Neo-X. O CEO fecha o rosto.

No sofá, espremida entre os dois funcionários, há a mulherzinha chinesa de cabelos muito pretos. Tem placas vermelhas no rosto. O barbudo careca ao seu lado transpira muito. Que equipe, meu Deus.

Ele olha Hallbacher, Hallbacher olha para ele.

— Seguindo esse raciocínio — diz a mulherzinha —, se as coisas grandes são feitas de partículas, por que o comportamento delas não é sentido no dia a dia? Talvez ele esteja lá, só que não notamos.

— Não notamos o quê? — diz Kristen.

— Ela quer dizer que o mundo não é tão real quanto pensamos — fala o CEO.

Sorri para a vice-presidente de Marketing, que sorri de volta.

— Isso — diz a mulherzinha (qual é seu nome, mesmo?). — Na física de partículas, nesse mundo onde tudo é muito pequeno, o tempo perde o sentido. Não há presente, passado ou futuro. Estão emaranhados, acontecendo ao mesmo tempo, entre as infinitas possibilidades do comportamento de uma partícula.

Quem chamou essas pessoas aqui? Ele sente que o corpo cresce e pulsa, incha dentro da pele, faz força para rasgá-la. Magnuson aperta o celular na mão gorda. Começou o dia tão bem. Ganhou uma partida de tênis de Ivan Goncharov, o investidor russo. Na frente de todo mundo. A mulher dele estava lá, assistindo. Alina Goncharova, a tenista. O instrutor costuma dizer que o estilo de Magnuson é um pouco duro, um pouco violento, mas foi suficiente para derrotar o oponente naquela manhã. Gostou de ver a cara da mulher enquanto o marido corria atrás da bola. Sentiu o corpo revigorado. Agora está ali, ouvindo questões que não o interessam. Ele quer soluções.

O careca está falando.

— ...a cada momento que acionamos a câmera, podemos estar mensurando um dos passados possíveis, entre infinitos outros passados.

A mulherzinha diz:

— Ed, não sei se é bem isso...

— Claro que é isso — diz Ed. — Nós, quero dizer, a ciência, sabemos que as partículas emaranhadas são capazes de trocar informações entre si de forma instantânea, sem depender da distância física entre elas. — Ele gesticula, se mexe no sofá, empurra a técnica. — O pulo do gato (o gato, he, he), no entanto, é que elas não trocam informações somente numa distância *espacial*. Elas também podem trocar informações numa distância *temporal*.

Magnuson respira fundo, olha Aditi atrás de si. A assistente está compenetrada. Ele sorri, gosta dela.

— Que outros passados? — diz Kristen.

— Ele está dizendo que podemos estar vendo não o nosso passado, mas um outro passado — diz o CEO.

— Muito bem resumido, Hans — diz Hallbacher.

Magnuson o olha com um sorriso. Não precisa receber todas as informações, ele sabe as respostas. Está achando a equipe fraca, vai ter de falar com o COO sobre isso. Se estão a ponto de ter feito um avanço como esse, é preciso ir mais longe. Uma máquina do tempo...

na palma da mão. Máquina do tempo, não. Nome ruim. Precisa de um nome mais rápido, de aplicativo, algo que termine em wapp. Timeap, Timewarp, Timewapp. Não é função dele, não está lá para isso. Vai colocar a Kristen no processo, ela não costuma ter nenhuma ideia que preste, mas põe a equipe pra trabalhar. E sempre aparece alguém que consegue captar exatamente o que ele quer. É para isso que serve a equipe; eles transformam em atos, eles colocam no papel, o que estava na mente de Magnuson desde sempre.

É por isso que se tornou CEO. Era seu direito natural, seu destino.

Timeap. Ele poderia voltar no tempo e lançar o iPad antes da Apple. Ou o iPod, o Macintosh. Raios, poderia *fundar* a Apple. Mudar o curso da história. Matar Hitler. Observa os três funcionários espremidos no sofá. Continuam a debater, ele olha o relógio.

O careca fala de lugares colapsados, superfícies fechadas, pontos conectados. Magnuson cruza os dedos à frente, observa o técnico arfante. É hora de terminar essa merda.

— Estamos vendo o nosso passado? — ele pergunta.

— Nem sempre — diz o careca.

— Sim — diz a mulherzinha. — Mas ele está mudando.

O CEO balança a cabeça e olha Hallbacher. O COO diz:

— Pessoal, vocês têm de se entender.

— É o nosso passado — fala o careca — mas às vezes outro.

Patricia vai responder, mas o telefone toca.

Todos se assustam. O toque continua, é o som padrão da Challenger. O protótipo vibra, pisca e caminha pela mesa do CEO. Ele o observa com asco, como se fosse um besouro de pernas para o ar.

— Não vou atender isso — diz.

Maxwell se ergue e pega o aparelho na mesa. Segura o celular, sem saber o que fazer com ele.

— Está esperando o quê? — diz Magnuson.

Pálido, o gerente aperta o aparelho no ouvido.

— Pois não?

Espera, olha os outros lívido. Lambe os lábios secos, volta ao sofá e estende o Challenger a Patricia.

— É pra você.

Ela está confusa, fica vermelha, olha Hallbacher, ele acena para que atenda.

— Quem é? — pergunta a Maxwell, ao receber o aparelho.

— Não disse. Uma voz de mulher.

Ela respira fundo e pergunta quem fala. Espera, se recurva no sofá conforme escuta.

— Sim... Como? Quem?

Encara os outros de um jeito estranho. Olhos meio esbugalhados, Magnuson não sabe definir aquela expressão e se vira para Aditi. A assistente parece preocupada, ele não gosta disso.

— Sim... sou eu... Não, eu...

Patricia se ergue do sofá, fica no centro da sala. Afasta os cabelos do rosto e escuta. Está mais vermelha do que antes.

— Quem é? — pergunta Magnuson, impaciente.

— Eu... — diz ela apenas, com o celular ainda no ouvido.

— Você o quê? — pergunta Kristen. Está agressiva, fica assim sempre que não entende o que está acontecendo. Magnuson gosta de ver ela brava. É uma pena que tenha seios pequenos.

A mulherzinha desliga o aparelho e se vira para o careca.

— Ed, me escute. Existe apenas uma realidade. A nossa.

O careca toma um susto, olha os outros apavorado. O gerente interfere:

— Patricia, por favor — gagueja ele. Seu nome é Maximiliam, Michael, algo assim. Hans não sabe, e não está interessado. E é uma figura estranhíssima, com os cabelos lambidos, pose de corvo. O gerente prossegue: — Seja mais clara. Quem ligou?

— Vocês já tinham testado o dispositivo de voz antes? — pergunta Aditi, do fundo da sala.

Eduard a olha sem entender, a boca pendente.

— Ainda não tínhamos chegado nisso, nós...

— Me dê seu outro aparelho — a mulherzinha diz, e olha a mochila preta ao lado do careca.

— Por quê? — ele fala, protegendo a mochila.

— Quero fazer um teste.

— Teste? Aqui? — diz o gerente com cara de corvo.

— Pelo amor de Deus, gente — diz Hallbacher. — O tempo de Hans é valioso.

— O tempo? — diz a mulherzinha, sem entender. — Que tempo?

Observa todos ali, encara Aditi, vai dizer algo mas desiste. Avança sobre o sofá e Eduard recua, como se a técnica estivesse contaminada por germes. Kristen aperta os braços da poltrona e se estica, indignada.

— O que vocês estão fazendo? — ela diz, e se vira para Magnuson. — Hans, que palhaçada é essa?

Patricia abre o zíper e tira o segundo protótipo, deixa a mochila cair.

— Preciso recuar mais no tempo — diz, um protótipo em cada mão.

— Patricia, por favor, isso não são modos — fala o corvo.

Ela suspira. Não está mais tão vermelha. É outra mulher. Parece mais segura, ou está louca a ponto de ficar calma. É como se o cabelo tivesse se penteado sozinho. Lembra um daqueles truques de espelho que Magnuson via quando criança: mulher, gorila, gorila, mulher. O parque de diversões à beira da praia. Maçãs do amor espetadas em fila, as cascas reluzentes como veneno. O pequeno Hans era gordinho e chorava à toa. Pedia doces à tia, apenas os primos ganhavam.

— Uma maçã do amor. Por favor, tia, *só uma.*

O passado é um aroma. O passado é dor.

— Ele vai pedir um portal. Um portal do tempo — diz a mulherzinha.

Curioso, pensa Magnuson. Para quem ela está apontando? Para ele?

Pela expressão de horror no rosto de Kristen, é de fato para ele, Magnuson, que a mulherzinha está apontando enquanto fala. Hallbacher, ao seu lado, se mexe na poltrona. O corvo, que voltou a se sentar na ponta do sofá, aperta a nuca, está branco como um cadáver.

Qual era o nome daquele ator? Béla... Béla o quê, mesmo?

— Patricia... — suspira o corvo.

— O que está acontecendo? — sussurra o careca suado.

A técnica começa a falar.

— Os gerentes de Jucheon fabricaram outros protótipos e estão alterando o nosso...

*Lugosi. Béla Lugosi.* É isso. Magnuson sorri com a memória prodigiosa.

— Obrigado, Priscila — diz ele e se levanta. — Hallbacher, se entenda com a sua equipe e depois conversamos.

Deu a sessão por encerrada. Aditi se ergue atrás dele, ajusta o vestido.

— Senhor Magnuson, eu não sabia que isso ia acontecer, me desculpe — balbucia Béla Lugosi. Sua subserviência é deplorável. Não vai poupá-lo, pensa Magnuson, enquanto ajusta a calça no ventre. Vai demiti-lo naquela mesma tarde. Vai falar com Hallbacher sobre isso.

O gerente se vira para a funcionária.

— Patricia, por favor... o que você tem?

— Vocês precisam entender — diz a mulherzinha. — Jucheon fez mais de dois protótipos. Park, Yun-Suk, Kang, Lee... Eles estão usando os outros aparelhos, não sei quantos... ao juntar esses aparelhos, eles conseguem recuar muito no tempo, conseguem distorcê-lo. Estão mudando nosso passado *agora mesmo*. E nós não estamos *fazendo nada* para impedir.

Kristen se levanta, diz:

— Basta dessa brincadeira.

— Não é brincadeira — diz Patricia. — Senhor Magnuson, me escute. Park quer tomar a Challenger. Ele *vai* tomar a Challenger.

— Como ousa falar uma coisa dessas? — fala a vice-presidente de Marketing, indignada.

Patricia não lhe dá atenção. Olha o careca.

— Ed, você vai estar comigo nos próximos dias. Vamos trabalhar com a equipe de Eric Teller, nós... descobriremos que podemos conectar dois pontos, um no presente e outro no passado. Você estará lá. Você vai me usar de cobaia. Veja.

Ela se detém, coloca um Challenger Ten debaixo do braço, tecla um número no outro.

— Eric Teller? — sussurra o corvo. Parece que está tendo um infarto. — O que tem Eric Teller com isso? — choraminga, e olha Hallbacher na poltrona. Hallbacher segue imóvel. Magnuson poderia jurar que o COO se tornou uma figura de papel machê.

— Eu? — grita Eduard.

— Sim, você. — diz a mulherzinha, com o protótipo no ouvido. — Descobrimos que, se uma pessoa fala com ela mesma no passado, há uma conexão, como partículas que assumem os mesmos valores.

Coloca o segundo protótipo no outro ouvido.

— Está ligando para quem? — pergunta Maxwell, e se ergue de novo.

— Para mim — ela diz.

Esperam em silêncio.

— Seu telefone não está tocando — diz Ed.

— Alô? — ela fala.

Magnuson está em pé, à espera de que os outros saiam, mas ninguém se move. Não dá para saber se ela está fingindo, ou se ficou de fato maluca. É impossível não admirar aquela pequena apresentação.

— Acho melhor chamarmos a segurança — sussurra Aditi, e se coloca à frente de Magnuson. Seria capaz de sacrificar a vida por ele? Gosta disso. Não basta vestir a camisa; é preciso estar pronto a morrer pelo superior.

— Alô... alô... Patricia? — diz a mulherzinha. Espreme os aparelhos contra a cabeça para ouvir melhor.

— Hans, o que é isso? — diz Kristen.

— Shhh — faz Magnuson.

Esperam. A mulherzinha só tem atenção para os telefones.

— Patricia, preste atenção — diz para si.

...

— Patricia, me *escute*.

O careca e o corvo estão em pé. O corvo está cada vez mais pálido, olha o CEO em pânico. O que vai fazer? Chorar? O careca pega a mulherzinha pela manga. Aditi se aproxima, numa reação instintiva para defendê-la. Magnuson sente que está prestes a perder o controle da sala

Heidi, sua secretária, abre a porta dupla, tem a boca escancarada. O CEO trabalha com ela há muito tempo e nunca a viu assim. Pensa, num primeiro momento, que alguém morreu.

— Senhor Magnuson...

— O que foi?

— Park Byung-jae... está chamando o senhor.

— Não... me escute! — diz Patricia ao celular, no centro da sala.

A secretária a observa com espanto. Olha horrorizada os outros em pé, ao redor dela. Só Hallbacher permanece sentado, cada vez mais imaterial, como o espírito de um buda maligno.

— O que ele quer? — diz Magnuson para Heidi.

— Disse que é urgente.

— Estou terminando uma reunião — diz ele. Piada. Aquilo não é mais uma reunião. É a beira de um abismo.

— Ele está com o board — diz Heidi. — Falou algo sobre estarem usando os protótipos sem a sua autorização. Falou que é alguém nessa sala.

Ainda segurando as portas duplas, ela crava os olhos nos Challenger Ten nos ouvidos da técnica. Depois encara Magnuson, há algo indiscernível naquele olhar. Algo que não inclui respeito nem obediência. Talvez o contrário.

— Autorização? — pergunta Hans Magnuson. Olha ao redor. Kristen, Aditi, os dois técnicos e o gerente, todos parecem confusos como ele. Podia jurar que Hallbacher estava ali, não o encontra na poltrona, nem atrás da poltrona. Uma onda gelada sobe pelo corpo, as mãos tremem, a pele se torna úmida. Ele suspira com falta de ar. Fazia tempo que não sentia aquilo; as pessoas costumam chamar de medo.

A realidade é um sonho, ele pensa, e caminha ao cadafalso.

# SONHO III.

O sinal do celular oscila quando as portas de aço do elevador se fecham. Os gritos do homem saem intercalados de silêncio.

— Estou no elevador, Luke — diz Aditi. Há dois gerentes atrás dela, curiosos para saber o que está falando. O homem na linha continua a gritar.

*— Eu preciso... resolva esta merd... escute eu vou... da puta que o p... que não se faz is...*

— Está cortando, Luke — ela diz, com calma. Afasta o celular do rosto e desliga a chamada. Olha para trás e pega um dos homens olhando sua bunda no vestido preto. São ambos mais baixos do que ela, de seu ponto privilegiado Aditi vê os cabelos rareando no topo das cabeças. Ela se pergunta se sabem o tamanho do estrago capilar, se usam loção, se mudam o penteado para disfarçar.

Sorri para eles seu sorriso gelado, olha a tela do celular, passa pelas mensagens. O aparelho toca de novo, ela o desliga. Vai falar com o Chief Creative Officer quando chegar o momento.

Não sabe como ele pode se envolver em tantos problemas ao mesmo tempo. Alguns são da alçada dela, outros não. Aditi é diretora de RH, não babá de executivos que não sabem fazer nada sozinhos. A questão é que Luke sempre liga chorando para Park, e Park pede que ela resolva.

O problema atual, nas palavras do diretor de criação, é da *maior gravidade*. Não é só um problema; é um problema e uma injustiça.

Seu cartão corporativo não funciona. É como se não existisse. Sua secretária não trabalha mais na Seonlei-Challenger, ele acha que é algum tipo de brincadeira, está com ela há dez anos, mas os assistentes juram que ela deixou a empresa na época da fusão. E sua reserva de hotel para a Biennale em Veneza foi cancelada. Aliás, os gerentes do hotel afirmam que nenhuma reserva chegou a ser feita em seu nome.

Deve ter tomado uma droga que está afetando sua memória. Aditi sabe que Luke já quebrou um quarto de hotel uma vez. A empresa encobriu o incidente, pagou jornalistas para que nada fosse divulgado. Antes que ela assumisse o RH, circularam rumores graves de assédio, e que a empresa teria gastado uma fortuna para manter as vítimas caladas. Ela não entende como o mantêm no cargo. Park não gosta dele, tem feito o que pode para cortar sua autonomia, mas o board o protege.

Hallbacher já havia lhe dito, na última reunião da presidência, que ele teria de reduzir as viagens; disse que seu centro de custo tinha valores altíssimos, que afetavam até mesmo o preço final dos produtos. Park escutava atrás de sua mesa de madeira escura, de bases sólidas e puxadores dourados, como um caixão. Observava calado o aparelho de viva-voz, tinha um sorriso indiscernível, que crescia conforme o COO fazia o trabalho sujo por ele. Hallbacher sempre se prestou a esse serviço, pensa Aditi. Na época de Magnuson, antes da fusão, já era assim.

— O board decidiu... — Hallbacher começou a dizer, mas foi interrompido.

— *Eu viajo pela empresa* — disse Luke no viva-voz. — *Se estou fora agora, é para pesquisa, Hallbacher...*

— Compreendo, Luke — disse o COO, inclinado na direção do viva-voz. — Mas é para reduzir as viagens, tá bom?

Park entrelaçou os dedos e balançou a cabeça, seu sorriso não dizia nada. Luke continuou:

— *Se você não entende nada do processo criativo, não deveria se intrometer.*

— Compreendo, Luke — disse de novo o COO. — Não estou falando para cortar, estou falando para reduzir, ok?

Park continuava a balançar a cabeça. Aditi nunca sabia dizer se ele estava irritado ou se divertindo. Trocaram um olhar, ela sentiu calafrios.

— *Porra, cadê o Park? Vou falar com o Park.*

— O board decidiu...

— *Foda-se o board.*

O elevador para, a voz anuncia o térreo e a porta se abre com um ping. Aditi caminha decidida pelo saguão, deixando os gerentes para trás. O átrio é enorme, todo de aço e mármore. No alto ela vê o dragão estilizado da empresa formando o *S*. Os seguranças ouvem seus passos firmes ecoando no hall esvaziado, um deles a cumprimenta quando ela pressiona a digital na catraca eletrônica.

Precisa de ar fresco e de um chá. O telefone toca de novo, ela aperta o botão lateral e o silencia. Aditi Banerjee cruza as portas automáticas e o vento a assola. É sempre aquele vento nefasto, criado pelo cânion de edifícios corporativos do centro empresarial. Ela segura o vestido com a mão esquerda, o trajeto à cafeteria não leva mais de dois minutos, mas é como cruzar a estepe.

Algo, no entanto, a faz parar.

Lá embaixo, no fim das escadas, entre canteiros de árvores nuas, está a técnica.

Embrulhou-se num impermeável grande para ela, as pernas estão à mostra, usa sapatilhas de pano, a barra do vestido sacode no vendaval. Ela está curvada, com frio, os cabelos negros chicoteiam e varrem o ar, parece que vão se erguer e puxá-la para longe. A mulherzinha, no entanto, resiste.

O vento ataca Aditi, ela tenta afastar os cabelos do rosto, eles se enganacham nos brincos de argola, entram na boca, cortam os olhos. Algo lhe diz que Patricia — seu nome é Patricia, ela sempre soube disso — está lá faz tempo, à sua espera. A técnica está com os braços cruzados, esfregando-se de frio, e espera. Espera que Aditi desça até ela.

O celular da diretora de RH toca de novo, ela volta a apertar o botão do silencioso. Sabe quem é, não lhe interessa atender. Continua a encarar a mulher lá embaixo, desce o primeiro degrau.

Patricia não lhe disse, mas vai dizer, que é preciso fugir. O tempo se transformou e se desfez, apesar de Aditi ainda não saber disso. Patricia, no entanto, sabe; é uma das poucas pessoas que se mantiveram à tona, que sobreviveram. O tempo não é mais linear, cônico, circular, convexo ou côncavo. Está mais para um pé de repolho. Aditi pisa no segundo degrau. Vê que a técnica afastou os braços do impermeável e segura um celular negro em cada mão. Não tem mais frio, iluminou-se. Seus olhos comunicam um mundo, vibram e choram, não acreditam que Aditi está, de fato, descendo até ela.

Patricia ainda não lhe disse, mas vai dizer, que ela precisa fugir antes que desapareça. Vai lhe dizer que precisa pegar os aparelhos, precisa aceitar os aparelhos das suas mãos, precisa despertar no passado e fugir, fugir a um lugar onde a corporação não a encontre. Deve esquecer a Seonlei e a Challenger; Magnuson e Park; Kristen e Tereza; Hallbacher e Luke. Precisa fugir antes que seu passado seja refeito, anexado, fundido, dominado e vendido.

Aditi pisa no terceiro degrau. Os cabelos fazem mais uma tentativa de jogar Patricia para longe, mas ela está ali, os pés fincados no chão. Sobrevive entre o riso e o choro, nervosa e com calor. É preciso fugir. Patricia ainda não lhe disse, mas vai dizer.

Vai dizer que, juntas, podem fugir. Que, juntas, nem tudo está perdido.

Esta obra foi produzida pela mapa lab
no inverno de 2021. O miolo foi impresso
em papel Pólen Bold 90g/m² usando
as fontes GT Super, ITC Kabel e ITC Pioneer.